写真 武田花

中公文庫

# 武田百合子対談集

武田百合子

中央公論新社

# 武田百合子対談集

目次

# 武田百合子対談集

# 武田泰淳の存在

深沢七郎（作家）

×

武田百合子

## 入院そして肝臓ガンによる死

**深沢**　このたびは武田〔泰淳〕先生、突然お亡くなりになられて……。

**武田**　ほんとうに突然でした。

**深沢**　奥さんも突然だと思うんですか。

**武田**　ええ。でも、今年（一九七六年）の初め、三月くらいから少し痩せてきて——痩せてきたからガンじゃないだろうかとか、ガンだから死ぬんじゃないか、病気が重いんじゃないかというふうには考えないんだけれども、痩せてきてなんとなくざわざわ、不安なような変な気持はしました。

**深沢**　病気というと、前の病気ね、脳血栓でしたか、あれだと思っちゃう。

**武田**　あたしもそっちを心配して、めまいがすると、脳血栓の症状だわといって……いつでも二人ともそう思っていたのね。ガンの人って武田の家系にはいないの、あたしの家系のほうはガンだらけですけども。だからあたしはガンで死ぬけど、武田は脳軟化症で恍惚のおじいさんになって死ぬんだと、そう思い込んでいました。

**深沢**　わたしもおふくろが肝臓ガンで死にましたけど、死ぬ三年くらい前に、もう三年くらいだろうなと思いましてね、その通り当っちゃいました。そうとう太っていたのが痩せてきて、痩せてよかった、よかったと言ってましたけれどもね。十月の六日に死んだんですけれども、七月、八月から物を食べられなくなっちゃって、九月に入ったらもう、朝のうちは忘れてても、夜になるとちくちく痛い、痛いって言いましたね。武田先生はそういうことなかったというのは、ほんとうに不思議ですね。

**武田**　肝臓ガンだと聞いたのは、武田が急に体がだるいって言いだしてね、お医者さんは嫌いだからいやだと言うので、知り合いのお医者さんに偶然遊びに来たというふうに来てもらったの。夜の十時頃だったけど。その人に診てもらったら、触診でわかったわけね。武田に聞かれるといやだし、雰囲気でわかると思って、娘を留守番にして近所の食堂に行って聞きました。

**深沢**　それは入院する前ですね。

**武田**　ええ、九月十六日でした。

**深沢**　入院して二週間でしたか？

**武田**　二十二日に入院して、十三日目に死にましたから。そのお医者さまが遊びがてらという形で来てくださったのが十六日だったと思います。その方は、外科と婦人科の先生なのね。――なるたけ早く総合病院に入ったほうがいい。総合病院に入るときに、こんなふうに前に診断されたと言わないで病室を申込みなさい。私は専門外だからって、とてもそこのところは遠慮なさって……。奥さんだから言いますけれど、最悪の場合、悪質の腫瘍と言われるかもしれない、とおっしゃるんです。先生、悪質の、ということはガンですかと聞くと、おそらくそうだろうって。でも肝臓ガンかそうでないかは、検査しなければはっきりわからないし、自分としては専門外だから言ってはいけないことだと思うが、でも最悪の場合のことを、奥さんに言っておきたいからというようなお話でした。誰にも言わないで、奥さんだけ知っていてあげたほうがいいですよと言われたの。

そのときすぐにあたし、深沢さんのお母さんのことを考えたんですね。前に深沢さんに、お母さんが肝臓ガンで死ぬとき、お母さんをおんぶして庭の花かなんかのところへ行ったという話を聞いていましたから。ああ深沢さんは、お母さんが死ぬときにすごく痛がったと言ったかな、苦しんだと言ったかなって。たしか苦しんだと聞いたみたいな気がして、先生、肝臓ガンで死ぬときは苦しみますかと訊ねたんです。そしたら、肝臓ガンだけなら苦しみませんよ、っておっしゃるの。ほかに転移していれば別だけれども、おそらく苦しまないでしょうと言われるんで、ちょっと朗らかになりましてね、ビールをあたしいっぱい飲んじゃって、最後に死ぬときは苦しまないのだな、それだけはいいなと思ってました。

**深沢**　武田先生は、ご自分がガンだということを知らなかったでしょ。

**武田**　ぜんぜん知らない。

**深沢**　それで、おれはだめだなというようなことは、いつごろわかったんですかね？

**武田**　それはあたしにはわからない。

**深沢**　自分では知っていて言わなかったのかしら。

**武田**　それは、ガンだから駄目というより、病院に入るのが嫌いなのに入院したし、なにか予感のようなものはあったかもしれません。あたしとしては一生懸命そうじゃないみたいに、お酒を飲み過ぎて肝臓が腫《は》れたというふうに思わせようとしてましたけど、もしかしたら……それは武田だって、六十四にもなっていたしね。

**深沢**　ああ、そんなこと自分で知らないような先生じゃないですよ。

**武田**　病院に入って初めの二日くらいは陽が当らない個室にいて、そこで特別室があくのを待ちました。あたし、どんなにお金をかけてもいい、武田は無駄遣いしなかったからお金は心配ないし、これからずっと長く病院にいることになっても大丈夫だからと思って、先生に、いちばんいい部屋、あたしと娘が泊れる、家族が全部こられる部屋が欲しいと、入院中込みの初めからお願いしていたの。

それでそういう部屋に移れたんだけど、南側が天井から続いた壁がなくて、全部硝子《ガラス》なんですよ。サンルームみたいな部屋なのね。明るくって、カーテンがずーっと付いてましてね。そのカーテンを、向い側の病棟のほうから中が見えちゃうし、武田はそういうときに開けておくのは嫌いな人だから、あたしは閉めていたんです。そうしたら、夜中でも昼間でもカーテンは開けておいてくれと言うの。薄いカーテンで、閉めても外の光はちゃんと入るのに、開けておいてくれって。

寝ている武田にはどんな景色が見えるのかなと思って、武田の顔のあたりに横になって仰向けの角度から外を見てみたんです。ちょうど慈恵医大のロ字型の建物の向う側に、東京タワーが展望台から上まで、スーッと見えるのね。それが夜中ずっとネオンできらきら、きらきらしていて、飛行機がときどき赤い電気をつけてゆっくり通り過ぎる——そういうのが見える角度だったんですね。

それで夜も昼も、いつもカーテンを開けて外を見ていましたらね、月夜のときがあって、ちょうど東京タワーのところに真っ白なお月さまがのぼってるの。娘と二人で、今日はお月さまがかかって、トルコの旗みたいねと武田に言ったんです。そうしたら、「残念ながら見えません」と言うの。あたしびっくりしたんだけれど、考えてみると、武田は強度の近眼で、眼鏡かけなければ見えないわけね。

**深沢**　それはどのくらい前だったですか？

**武田**　特別室に移ったのが九月二十二日に入院して三日目だから、二十五、六日かな。死んだのが十月五日だから十日くらい前ですね。

「残念ながら見えません」って、妙に丁寧な言葉で言ったから、あらっと思ったんです。あたしは目がいいもんだから、武田が強度の近眼だったことをすっかり忘れてたのね、娘も近眼じゃないし。二人で、「トルコの旗みたいな月、とうちゃん見える?」なんて言ってたら、「残念ながら見えません」って言うでしょ、「とうちゃん、眼鏡いる?」と聞くと、「いる」と言うのよ。それで、かけてあげて、ようやく見えたわけね。

それからは「とうちゃん、見える?」と言うときは、スーッと眼鏡をかけさせました。こんこんと眠っていることが多かったけれど、目を開いたときには眼鏡をかけて外を見ていましたね。その感じでいくと、ガンで死ぬというんじゃないけど、なにかわかっていたような気はします。だめかなと思ってたかもしれないわね。でも残念だとか、そんなことひと言も言わないし、こんこんといつも眠っていて、夢のなかで笑ったりしてました。覚めると眼鏡をかけて外を見たり、総入歯の入歯を入れてみたりはずしてみたりしてね。

**深沢**　それでご飯は食べられたんですか。

**武田**　うん、おかゆは食べた。

**深沢**　うちのおふくろなんか、うどんを二筋くらい食べたきりで、あとはなにも。もうひと月くらい前からそんなでしたね。それでも足がうんとむくんじゃったからね。親指とか……。

**武田**　足の甲のほうはむくまなかったけれど、脛《すね》がずっとむくんで、右足のほうが左よりひどかったですね。でも体の状態をあれこれ言われるのは嫌いな人だから、あたしはなんにも言いませんでした。

**深沢**　わたしはときどき、武田先生はアル中みたいに酒を飲んでいたと思ってたんですね。あれは娑婆から逃避するというような、まあたとえば小説の世界を、小説なんかいやだな、こういう世界はいやだなと思っているのがお酒のほうへ行ったんじゃないか——作家が酒をうんと飲むのは、そういう気味が少しあるんじゃないかと思ってた。ところが、そんなことはないんですね。ただ好きで……。

**武田**　お酒は好きじゃないと思います。お酒の味とか銘柄とか、ぜんぜん言わない人だった。

**深沢** ビールでしょう。

**武田** なんだっていいの。たまにいいブランデー、ナポレオンとかなんとか入れば、それは飲む。それがなければサントリーの赤いの、サントリー・レッド、あれを隣の酒屋で買ってきて飲んでいるし、そんなことかまわない人ね。だからお酒は好きじゃなかったんだと思う。晩酌はしないんですよ。晩酌していい気持になるって、そういうんじゃなくて、もうずっと朝から飲んでるの。

**深沢** 好きじゃないですか。

**武田** 好きというのと違う。なんと言ったらいいかしら……あたしなんかは、おまえも酒は好きなんじゃないねと言われたけれども、ビールをスーッと飲んで朗らかになるのね。武田は、ジュブジュブと飲む。ジュブジュブ、ジュブジュブって飲むという感じでしたね。

お酒が少し入ってるほうが、景色もきれいに見える、なんにも入っていないさらの状態だときれいでない、と言ってました。

竹内好さんと三人で、ほかにあと十二、三人でロシア旅行へ行ったときも、武田はいつも飲んでた。少しずつ、たくさんは飲まないけれども。飛行場に着くと売店で——あたしはロシア語できないから、酒をくれというロシア語だけは覚えて——酒をくれと言って買うわけね。ウオツカの強いのは薄めて飲むの。飲むとシベリアの景色もよく見えるなんて言ってました。お酒が少し入ってないと、いい景色に見えないって。あたしが「それはとうちゃん、アル中というのと同じだよ」と言うと、アル中とは違うって、断固として認めないんですよ。

売店であたしが毛皮なんか飾ってあるところへ行くと、行くな、触るな、見るな、買うなって、たいへんなの。「百合子、そっちのほうに行くな。無駄!」って。あたしが「あたし毛皮買わないよ、見るだけよ」といつも言うもんだから、その日本語を覚えて、売店のロシア人が、「ミルダケ、ミルダケネエ」って、あたしの顔を見ると言うのね。

あたしが買ったのは、酒とレーニンのバッジ。レーニンのバッジはどこへ行っても安く売ってるの。それをそのたびに買う。それと、絵はがきは買えと言うから、絵はがきとレーニンのバッジ。いちばん安上りの物だけは買ってもいいのね、お酒と。

## 口述筆記について

**深沢** 『目まいのする散歩』で先生は口述筆記なさったでしょう。あれは口述筆記に見えませんね。どう見たって、書いたようにしか見えない。わたしも真似してやってみたけれども、もう息が詰まっちゃって、かなわなくなって、録音に切りかえてやったんです。それを書きおこしてもらったら七十枚あったんですけど、ジャンジャン削って、これもいやだ、あれもいやだって削ってったら、二十五枚くらいになっちゃって、結局その二十五枚も全部書き直しました。

**武田**　しなかったと同じことね。

**深沢**　口述筆記って難しいなって思ったですけれどもね。武田先生は、口述筆記になられたのはいつごろからですか。

**武田**　『海』の小説の原稿からです。めまいがするようになってから。その前は推薦文のような短いものは口述でしていたことありましたけれど。

**深沢**　目まいはいつごろ……。

**武田**　目まいは五年ほど前、脳血栓を患ったあとからずっとです。小説の口述筆記は、一昨年の夏かな、山に行っているときはじめてしました。みなさん口述筆記というのは、こっちがここにいて、武田が向うにいて、おごそかにやるというふうに思われるらしくて、奥さんたいへんですねといわれたりしたけれども、ほんとうのことをいうと、あたしは足を投げ出しちゃって、ネコが向うからくるとかわいがっちゃったりして……。

**深沢**　そのほうが楽ですものね。

**武田**　武田のほうも入歯なんかを出しては……総入歯って重いの。自動車が一台入っているぐらいの感じの重さだ、天地がひっくり返りそうだって言うのよ。値段もそのくらい、六十万円くらいね。いやなのね、トヨペットが入ってるくらい重いから。仕事をするときに付属物が入ってるのはいやなのよ。こう、出したり入れたり、嘗めてみてはパーッと投げ出したりするし、そうかと思うと今度はうんこに行ってみたり、あっちこっち見廻したりでしょう。

ですからね、出版社の方がご好意で口述筆記の人を差し向けますよと言ってくれたって、その人が来たときにいい状態でタイミングが合ってればいいけれども、そうでない場合はまったく駄目になっちゃう。それをまた武田が気にして、酒をガブガブ飲んで、無理にガーッとやっちゃうということもあるわけね。

あたしはほんとうはあまり好きじゃないのよ、口述筆記にしてもなんにしても、武田の仕事を手伝うのは。でもあたしだと気楽だろうと思ってね。そのかわりあたしは、足投げ出して、ネコを抱いてみたり、鼻を

ほじくってみたり。（笑）

**深沢**　そのほうが武田先生は楽ですよね。口述筆記というと、喉元に匕首《あいくち》つけられたような感じがしちゃって、出るものも出てこない。風の便りで、これは奥さんの口述筆記ですと聞いたもんだから、まさかって、読み返したんですよ。どこにも口述筆記の形跡がないでしょう。いま聞いて、ああ楽な姿勢でやってたせいだなって。

**武田**　でもね、喧嘩もする。途中であたしが字を間違えたりすると、武田はとんでもない字だってすごく怒るのよ。向うは入歯だから、たとえば「袴」と言ったのを、「墓場」と聞き違えるようなことがあるんですよ。向うが怒ると、こっちも五倍くらい怒ったりしてね。（笑）あたしもちょっとうんこなんて言って、うんこに行ったり、武田がウーッと考え込んでるときは、そのへんにお菓子を置いといて食べてみたり、武田がビール飲んでばかりいると癪《しゃく》にさわって、こっちもコップを取って飲んだり——そんな感じでやってました。

だからもしかしたらほんとうは、すごい小説を書くような場合には、あたしみたいな口述筆記の人ではいけないんだろうと思っていましたけれども。

**深沢**　でも、うまいですね。

**武田**　つまり、あたしはタイプライターでしょう。ところがタイプライターがだんだん図々しくなって、「とうちゃん、そこで景色をまぜろ」なんて言うわけ。(笑) そうすると武田も「じゃあ、景色にするか」って……読者に失礼ですね、いま考えると。

いつもあたしの手許に、開高健さんにいただいた大きな活字の字引きが置いてあるの——虫めがねで見なくてもいいようにって、開高さんが武田にくれたんです。武田の目が悪くなっちゃいけないって。それにだいたいの字は出てますから、字がわからないと、そこだけ仮名で書いておいて、あとで武田が黙って考えているときに調べて入れる。

点の甘い師匠、心やさしい訪問者

**深沢**　わたしはね、自殺するという人をうんと馬鹿にしていたんですね。自分は心臓の発作で臨終を何回も、二十回もやって、ほんとに悔しい思いをしたから、首でも吊って死んでやろうかと思ったこともあるんですけど、いままで川端康成とか三島由紀夫とか、自殺した人の悪口をさんざん言ってきたでしょう。それで自分がやったら、なんか変なことになるんじゃないかと、意地でもそれはできない。だから、ああ馬鹿みたなと思って……。

**武田**　武田は三島さんが好きでしたね。

**深沢**　どんなふうに？

**武田**　どんなふうにって言われても……。三島さんの書いたものについてなどはあたしに話してくれないんですけれどもね。

三島さんが死んで、そのあと武田が脳血栓やって、ほうぼうに散歩に行くようになったのね。深大寺の植物園とか。三島さんが死んだのは小春日和の日、十一月だったでしょ。ちょうど同じような天気の日に公園に散歩に行ってベンチに坐って――武田のほうから話しだすことはないんだけれども――あたしが「三島さんが死んだのはなんだかこんな日だったね」と言うと、武田が三島さんの話をしはじめるのよ。話といったって文学的な話じゃなくて、ただ、こんな日だったという話や、三島さんが、あるときぴらぴら光る紫色のシャツを着て座談会に現われたことがあったけれど、なんともそれが似合わなかったなあとか、そんな話。でも、その話しぶりからすると三島さんのこととても好きだったようですね。三島さんが亡くなったあと、谷崎賞の審査会に行ったりしても、三島さんがいないのは寂しいって言ってましたからね。

**深沢**　ほんとに好きだったのですかね。

**武田**　好きだったと思う。

**深沢**　ほんとですかねえ。

**武田**　ほんとかといわれると、これ、ちょっと話が違ってきちゃいますけどもね。武田は暗いようなところがあって、心底は楽しくないというところがあったから。

**深沢**　三島さんのものは、わたしはなんか少年文学のような気がして……。武田先生とはぜんぜん違うものですね。

**武田**　違うことは違いますね。

ところでね、深沢さんはあたしのギターのお師匠さんですよね。まだまるで弾けないのよ、あたし。深沢さんがお師匠さんになってからときどきフラッといらっしゃってね――あたしがちょっと弾いても、うまいうまいと言うだけでぜんぜん教えてくれなかった。そのあと深沢さんが弾いてみせてくれる。武田は、「深沢は必ず一回間違えるぞ」って言ってたんですよ。

**深沢**　やっぱり間違えたでしょう。（笑）

**武田**　それから、深沢さんと井伏〔鱒二〕先生とみんなで桃見物に行ったとき……。

**深沢**　あれ楽しかったですね。

**武田**　楽しかった。どこへ行ったんだかよくわからなかったけどね。

**深沢**　ただ桃の花のところばかりまわったから、いま考えれば、どこだというんじゃなくて、いいところで、桃の花のきれいなところで止ってね。

**武田**　井伏先生が真っ赤な目をしてらしたわ。深沢さんはちょっと中途半端な、吹きさらしのようなところで、楢山節とフラメンコを弾いてくださったのよね、石に腰掛けて。……最近はどうなの、深沢さんの病気のほうは。

**深沢**　いまはご飯食べるのといっしょに薬飲まなきゃならないんですよ。心臓の薬で、強い薬だから、なんか食べないと飲めない。ほんとに強くて、一粒半飲めばショックを起こして死ぬというくらい……。

**武田**　いつから？

**深沢**　もう六、七年。心筋梗塞ですからね。ちょうど今月、十月だったな。十

対談収録時に（昭和51年10月15日、写真 河出書房新社）

月の末頃に一回、もう死ぬかもう駄目かって感じで朝まで生きていて、それからずっとよくなったんだけど、そのうち今度は十一月。十日目にまたすごいのをやって、それで、もうこれは苦しくてかなわないから、そのまま二十分くらいたてば楽になるんですけれども、注射してもらったわけ。注射したの生まれて初めてでね、もうほんとに死ぬと思ったから。お医者さんも、よく効くからって言ってね。

**武田** そのときはなんの前ぶれもなかったんですか。

**深沢** なんにもなかった。朝から胸が悪いな、胸が悪いなと思って、胃の具合がおかしいんだろうって、胃の薬を飲んでたんですよ。そうしたら夕方の七時ころから。

**武田** いつだったかしら、武田と山の家に行ってたら、深沢さんが弟さんとみんなでワーッと来て、おせんべやお団子をいっぱい持って来て、またワーッと帰って行ったことがあったわね。あのとき、ここは富士山のなかに入ってますか、入ってませんかって、深沢さん、とても心配してらしたわね。

深沢　でも富士の裾野が向うに見えたから……。

武田　深沢さんの家系は、富士山のなかに入ると、とんでもないことが起こるんだって言ってましたね。

深沢　富士山へ行ってみんな死んだの。おじいさんという人なんかも……。

武田　それで深沢さんは飛んで帰っちゃったでしょ。武田は「深沢はよっぽど死ぬのがいやらしいな」って言ってました。

深沢　わたしの親父は、役場の人にすすめられて行って、三合目ぐらいまでちょっと登って帰ってきたんだけど、その年に病んじゃったでしょう。兄貴は富士山へ登ってほんとにぽっくり死んじゃった。だから、わたしが「富士」と言うだけでおふくろは目の色を変えるの。うちには禁断の山だね。

武田　そういう話をあのときも聞いたわ。それで飛ぶようにして帰っちゃったのよね。あとで、うちの所番地も「字《あざ》富士山」だから、もしかするといけなかったかなって思ってたの。

深沢　でも富士山が向うに見えたから大丈夫だと思った。（笑）……武田先生の話をもっと……。

武田　そうね。ええと、武田の本が出て、文藝手帖などの名簿を見て差し上げる人をきめるでしょう。「フ」のところへ行くと深沢さんが出てくるから、深沢さんにも送ろうかしらと言うと、「深沢は本は読まん」なんて言うのよ、「深沢には送らなくていい。迷惑するといけないから送らなくてもいい」って。だからずっと送らなかったでしょう、深沢さんには。

深沢　でも本はいただかなくても……。

武田　いつだったか『文藝春秋』で対談があったときに、うちのそばの料理屋まで深沢さんが出て来てくださったでしょう。こっちも行ったことのないような、深沢さんも来たことのないような、なんだか居心地の悪いような高級な料理屋でね。終りごろになって、深沢さんが「先生、おしっこ我慢しちゃいけません」という話をさんざんしたの。最後に玄関で靴をはくときも、奥の廊下のほうから「先生、おしっこを……」って叫んでるのね。それからどこへ行くときでも、武田はちょっとおしっこするところがあるとすぐおしっこに行って、我慢しちゃいけないって深沢が言ってたよって言うのよ。病気のときはおしっこ我慢するのがいちばんいけないのね。

**深沢**　武田先生の好きなものってビールだけかしら？

**武田**　トンカツ好きでしょ。朝晩トンカツ食べる。トンカツそのものというのが好きでね、トンカツのそばにリンゴを兎の耳みたいに切ったのがついてたりするでしょう、婦人雑誌の写真なんかで。ああいうの無意味だと言って、トンカツならトンカツ、野菜なら野菜が出ていればいいと言うから、そういうふうにやってたわね。アレンジしたものはだめというのよ。

**深沢**　トンカツだけ食べて、キャベツ食べないんでしょう。

**武田**　キャベツそのものは食べるの。兎の耳みたいに切ったリンゴとか、ほら、よくお皿の端のほうにマヨネーズなんかを、そこはかとなくバラの花のように（笑）……ああいうのを無意味だって。メザシならメザシそのもの、ライスカレーならライスカレーそのもの。朝からライスカレーを食べるのね。でも、そうするとボリュームが多くなって困ることもありましたけれども。

**深沢** 量はふつうですか。

**武田** 脳血栓やってから少なくなったけれども、でもその主義はずっと変わらなかったわね。舌平目のムニエルというのがあるでしょう。ああいうのも無意味だと言ってたわ、いやだって。アレンジしたものはいやだって言ってた。

深沢さんに痩せ薬をもらったことがあったわね。

**深沢** あまり太っちゃいけないから。四十太りに金貸すなというくらい。

**武田** あれはすごいお薬よ。

**深沢** わたしなんかいまだって太り過ぎで、もう十キロ痩せろと言われているんですよ。ちょっと前に六十二キロ、いま現在五十五キロ、四十七キロくらいがいいんですって。

**武田**　高井戸のアパートにいるころね、痩せ薬を持ってきていただいたの。そもそもは武田が痩せたほうがいいと言うので持ってきてくださったんだけれど、武田は飲まなかったのね。徳川時代からあるお薬で、その名前がまたおごそかな名前で、なんだっけ、すごい名前がついてるのね。あたしがその薬飲んだら、ほんとうに下痢してとても痩せた。よく効いたのよね。痩せて眼がきれいになったけれど、歯がわるくなった。

**深沢**　漢方薬ですよ。

**武田**　深沢さん、たまに家に原稿を持ってらっしゃることもあったわね。武田にいろいろ聞いてらしたけど、でもそれも、ここんところでこういう漢字が並んでいますけれど、次の行でまたこの字が同じ高さに並んでいると具合が悪いから、ここをこうしてって――そんなことばかり言っていて、全体のことはぜんぜん言わない。武田もそういうことはまるで言わない。そういうふうだったから、武田は「深沢さんは印刷屋さんなんだな」と言ってましたね。
「深沢さんは武田さんを先生みたいにしてたんですね」ってよくほかの人が言うけれど、武田は一度も教えたことはないでしょう。深沢さんも「ここのところでポロポロというのが出ていますけれども、次の行にもポロポロとあって、これはいけないですね。字が並びますね」そんなことばっかり言ってたのよね。ぜんぜん先生なんてことじゃなかったわ。

**深沢**　とにかくわたしとすれば尊敬どころじゃない、いちばんの……。

**武田**　でも深沢さんは家にいらっしゃっても、武田と仏教の話ひとつしなかったでしょ。

**深沢**　しませんでしたね。それはお互いに、もう、する必要ないんですよ。

**武田**　それからね、「深沢さんのしているベルトいいわねなんて、おまえ言っちゃいけないよ。言うとすぐ置いていくから」ってよく言ってたわ。深沢さんほんとに、そんなこと言うとすぐ置いていくでしょう。「いけないぞ。深沢の持ってる物をいいと言ったりすると、深沢はすぐくれたがるから。言っちゃいけないよ」って、あたしさんざん言われたわ。なにを上げていいかわからないものね。

**深沢**　とにかくどんなにこきおろされても、いちばん有難いなと思ったのは武田先生です。ところが武田先生は、わたしのうぬぼれかもしれないけれども、うんと甘かったです、わたしには。

**武田**　甘かったかもしれないわね。深沢さん、家にくるといろいろ喋ったでしょ、初めのうちはそうでもなかったけれども。「妖木犬山椒」のすごい話、助平の殿様の話なんかを、予告篇みたいにしていっぱいしてくれたのね。こういう話もある、こういう話もあると言って。あのときなんか武田は圧倒されたふうでしたね。深沢さんがやって来て、風呂敷を開けて、そのなかから魔法のなにかをとり出すと、プーッとけむが出て、それで圧倒されたという感じ。圧倒されるけれども、それがとても楽しいというか、そういう感じがあったんじゃないかしら。

**深沢**　そんなことを言われると困りますよ。

**武田**　ただ「ニセ札つかいの手記」、あれを書いたときに、深沢さんのイメージは強烈なんだなというふうに、あたしは思っていました。作品のことはあたしに言わない人だから、あたしがそう思っていただけですけども。

**深沢**　あれ以来恥ずかしくなっちゃって……。

**武田**　圧倒されているという感じは、やはりあったみたい。

**深沢**　そんなこと、ないですよ。

**武田**　玄関からノコノコっと入ってきて、——深沢さんはギターのケースを持ってくるのよね——なにが入っているかと思うと、なかにギターは入っていなくて、お茶がころんと入っている。それからほんとに魔法の箱を開けたみたいに、いろんな話を喋ってね。

**深沢**　武田先生にまだ書いていない小説の構想を喋ると、いちばん面白く聞いてくれたし、それでもうわたしは書いたような気がしちゃって……。

**武田**　面白そうに聞いてましたね。

**深沢**　話をすると、武田先生はすぐのみこんじゃうんですよ。だから話だけでもう書いたつもりになっちゃう。武田先生をおっかないという人があるけれども、なかなかどうして……。

**武田**　井伏先生と桃見物に行ったとき、二台の自動車で行ったでしょう。そうしたら深沢さんがサービスしちゃって、前の井伏先生の車に乗っていたのに、車が停まると、今度はこっちの車に乗りかえて、いろいろやってくださったのね。そのとき武田が「井伏さんって恐い人なんですよ」って言ったら、深沢さんはギョッとして「あれ、そうですか」って、びっくりしたような顔してね。

**深沢**　そうなんですね。だから気むずかしいと言う人がいるけれども、わたしはお二人ともとっても甘えちゃう。

……今度亡くなられてから、六十四歳だったと聞いてびっくりしましてね。自分の親父みたいっていうか、仏門のお師匠さんという感じがしてたんですよ。そういう話はしなかったけれども、心のなかでは。その仏門のお師匠さんが、わたしよりたった二つしか年上じゃないというんで、ちょっとがっかりしましたね。

## 暗い目つき

**武田**　高井戸のアパートに来てくださったとき、深沢さん、いつも下駄をはいて帽子をかぶっていらしたのね。それで、上がってもらって武田と話をしてるときに、あたしがひょっと下駄を見たら、その上に帽子がのっかってるのよ、鼻緒の上に。あとで武田に「深沢さんたら、帽子が下駄の上にのっかっていたよ」と言うと、「深沢は、やくざの仁義という気持じゃないかな」って武田は言うんですね。やくざの仁義みたいに礼儀正しいんだって。

**深沢**　あれはね、職人さん――大工さんか左官屋さんみたいなものなの。わたしの文章も同じですね、武田先生の文章から見れば。武田先生の文章はボリュームがあってがっちりとしているでしょ。わたしのなんかほんとにもう簡単で……。ベッドシーンだって、わたしが書くと、大工さんが話をするみたいになっちゃう。「おれ夕べ三つやってな、かかあと」なんてね。やったと言っても、それだけ。ひと言ですんじゃう。ところが伊藤〔整〕先生なんかだと、なにしてなにして、こうなってなにして、こっちからこうさわって、ってやるでしょう。職人さんは、あんなことしないですからね。

**武田**　二つか三つか、ということだものね。

**深沢**　二つか三つやったというだけの話、職人さんは。わたしもそれと同じでね。だから、それだけの違いがあるんですよ。

　最初の頃わたしは、原稿用紙の枚数を長くしたくて、それでああいうふうに書くのかなと思っていたの。わかりきったことじゃないかと思うけれどもね。（笑）

武田　いつか深沢さんが――どこへ連れてってくれようとしたのかな、税務署の偉い人のところだったかしら――あたしがちょうどいたもので、あたしと武田を自動車に乗せてどこかへ行ったのね。そうしたらそのタクシーの運転手に「今日は偉い人を乗せるんだから静かにやってください」って、高井戸の公団住宅のところから何度も一生懸命言うのよ。あたしは、さてはこれから谷崎〔潤一郎〕先生か志賀〔直哉〕先生でも乗せるのかな、いやだな、偉い人がいっしょに乗るのはいやだなと思っていたら、ずっと誰も乗らなくて武田とあたしだけだったの。ははあ、深沢さんが偉い人と言ったのは、とうちゃんのことだったんだなとびっくりした。

深沢　そう、偉い人だから運転手におとなしくって言ってね。あのときはなにか食べに行ったんです。

武田　どこかに食べに行ったのね。

深沢　でも武田先生がわたしより先に逝かれるとは思わなかったですね。

武田　だけど深沢さんいつだったかおっしゃったでしょ、あたしは覚えてるわ。武田先生の葬式のときは、ぼくはいちばん先に駆けつけますからねと言ったのよ。

深沢　いや、葬式じゃなくて、悪くなったら教えてください、駆けつけますからって言ったんじゃないかしら。いつもそう思ってたんですよ、自分のおとうさんみたいな気がして……。ところが今度は自分があんなにすごい病気やったでしょう、わたしのほうが先に死ぬとばかり思っていた。だから呆気にとられたような感じですね。

　お通夜へ行ったとき、奥さんがオンオン泣くのかなと思ったら……。

武田　みんながそう言うの。困っちゃったな。

深沢　いや、やることを全部やっておいたからでしょう。

武田　そうかしら。

深沢　わたしがそうでしたね。おふくろが死んだときに、深沢さんもう少し力を落とすと思ったら、そうでもないね、とみんな言いましたけれども、おふくろが死んだことではなんの後悔もなかった。

**武田**　武田は痛がりの人だったからね。

**深沢**　ちょっとケガしてもたいへんでしょう。

**武田**　うん、たいへんたいへん。偉そうなこといろいろ言ってたかもしれないけれど、ちょっと血が出たらもう原稿書かない。缶切りで指切ってスーッと血が出たら、そこんところこう巻いて、寝ちゃって、もう原稿はお休み。そういう人でしょ。だから手術して体なんか切ったら、それこそそれだけでショックだろうと思う。

**深沢**　それがグーグー寝てるだけだったんでしょう。

**武田**　もうとにかくよく寝てましたね。

**深沢**　ガンはもっと前からあったんでしょうね。

**武田**　ほんとうはそうらしいの。

**深沢**　わたしはおふくろの顔を見ていてわかりましたね。もう三年だろうなと思って。三年くらい前になるともうわかりますね。

**武田**　ほんとうだったらそのくらいで自覚症状があったはずですけど、とお医者さんも言ってたし、だから幸せだったと思うんですよ。

　娘と看病していて——いまになって娘が笑い話をするんだけれど、「もしかして、わたしとおかあさんと看病していても、おとうさんは眼鏡をしょっちゅう外していたから、あれはしょっちゅういる看護婦だと思っていたんじゃないかしら」って言うの。そうだとすると、えらい損害だなって笑っていたけれどもね。

**深沢**　武田先生はお嬢さんを可愛がっておられたでしょう。

**武田**　お金をくれたがるのね、子供に。お小遣いをやるということでしか愛情を表現できない人だから、もうやたらに。ひと月に二万円やっているお小遣いなのに、十五日くらいになると、また二万円やろうとしたりする人なのよ。そういうのをあたしはいけないと言ってね、あたしにくれろというの。あたしにはくれないのね。

　でも時々ほんとうに暗い目つきをしてました。一種独得で、問答無用みたいな目つきをするでしょう。

**深沢** それが恐い。

**武田** その暗い目つきね、それは病気とか脳血栓とかのせいじゃなくて、武田の本質的なものという気がする。

富士の山荘に行っていたでしょう、脳血栓になる前でしたけどね。山からいつも朝早く帰ってくるの。朝五時ごろあたしは叩き起こされて、運転して東京まで帰ってくるのね。ずっと山を下りてくると、富士山に登る登山道があるんだけれど、明け方そこのところに、ナップサックをしょって崩折れちゃって雑巾みたいになって、草むらから車道に体半分くらい出して寝ころんでいる男がいたのね。あたしはそのとき運転しながら、「あれっ、あんなやつがいる。気持が悪いんじゃないかしら。停めて聞いてみようか」と言ったら、武田は暗い目つきをしてね。そんなことをするおまえがいやだということも入っているし、そんなことはいやだということも入っていたと思う。理由は言わないで、黙って暗い目つきであたしを見たの。するなというような目つきで。それであたしはそこを走り過ぎたのね。あたしが考えたのは、福祉事業とは思わないけれども、とっさに見えてしまったから、ちょっと助けたい、ちょっと声をかけたいと思ったんだけれど。そういうのはいやという、すごい暗い目つきをしたの、そのとき。

**深沢**　自分が気持がよくないと煩わしくなっちゃうんですかね。

**武田**　そのころ病気ではなかったですよ。だのに暗い目つきで、チラッとあたしのことを見た。それからもうその目つきしなかったけれども、その目つきを見たときにあたしは、もう二度とこういう、人を助けるとか、ちょっかいを出すというかな、そういうことを言うまいと思ったのね。それがとっても印象に残っているの。

　ずっと前から、武田は署名運動が嫌いなのよ。電話で頼まれると、自分で断るのはうまく断れないから、あたしが断るんだけれど、絶対おれは署名運動はいやだっていうのね。あたしもときどきは言い返したけれども、なにかその暗い暗い目つきをされると、もう言えないのね。

**深沢**　人を助けるとか、お経をあげてご利益があるとか、そんなことにもうなんの意味もないということを、武田先生はよくご存じだったですよ。

**武田**　ちょっかいを出すなというのかしら。

**深沢**　先生はそんなことは百も承知だったんですね。

**武田**　署名運動がなぜいやなのかって、聞き返したことが一回くらいあったけれども、署名運動は机のなかにしまわれちゃうものだって言われましたね。でも、そんなこと言葉で言われるよりも、あたしは暗い目つきをされると困っちゃう。そのときのことはなんだか印象に残っちゃって……。

　死んでから話すと、死ぬ前って変なものですねえという感じで、なんでも意味ありげになってしまうから、あの目つきもただ意味ありげということになっちゃうかもしれないけれどね。もっとほかに十倍も百倍も、いっぱい怒られているんだけれども、怒らないでその暗い暗い目をして言われたのは、ほんとうに印象に残っている。

**深沢**　とくに怒られたことはないですか。

**武田**　いっぱいありますよ。富士に行くとき、籠坂峠を越えて御殿場のほうから廻るんですけど、よく霧が深いことがあるのね。そのときも朝早くて霧が深かったの。左側を走っていたら、向うから自衛隊の車が、あすこは自衛隊がいっぱいいてどんどん来るのよ。それが右側通行してくるの。誰も通らないだろうと思って、自分達の専用道路みたいに。こっちが下りていって、右側通行の車が来たから、あたしは窓をわざわざ開けて「このバカッ、バカヤロー」と言ったのね。あたしは武田のこと怒ったんじゃないのよ、そのとき。

そうしたら武田は「男に向ってバカとはなんだ」って、もう怒っちゃってね。それであたしがまたその十倍くらい怒っちゃって、くやしいから、これで電信柱にぶっつかろうがどうなろうが構やしない、どっかへ衝突したって武田もろともだと思って、めちゃくちゃに走ったんだけれども、朝早くてだれもいなくて、衝突もしないでガソリンスタンドに着いたのね。

そこのおじさんに、あたしはもう怒りくるって話したのよ。あたしはバカと言ったけれども、それは向うが右側を走って来たからで、それをこの人は自衛隊のやつの味方をして、男に向ってバカとはなんだなんて言う、ほんとにくやしいって。ガソリンスタンドの禿頭のおじさんに怒って話したの。「そうずらよ」なんて言うおじさんにね。そうしたらそのおじさん黙っちゃって、そのうちにクシャクシャと「奥さんの勝ち」って言うのよ。埴谷〔雄高〕夫人があとでその話を聞いて、埴谷もきっとそういう目にあったら、「男に向ってバカとはなんだ」と言うよ、ですって。あのときはえらく怒られて、ほんとにいやになっちゃった。

## 〝死んだらあとは物質〟

**深沢**　富士の武田先生のところには、吉田のほうに知り合いがあるもので、よく行ったんですよね。そうすると、富士山の登山の時間というのがあるみたいなんですよ、何時頃から登るっていう。それで汽車のなかで登山の人達といっしょになったりしたんで、武田先生に会ったときに、「武田先生、富士山に登る人はみんな貧乏人ですね。金持ちは登りやしない」と言ったの。富士山に行く人は、いい言葉で言えば「庶民」だけれども、それをわたしは「貧乏人」と言ったら、武田先生変な顔してね。（笑）

それから武田先生の屋敷から、富士山がずっと見えて、裾野まで見えているでしょう。そうして武田先生の家の出口のところに木がありますね。

**武田**　モミの木……。

**深沢**　あれに富士山が裾野を引いて、実に絶景というのか……。ああいうふうに眺めるのがほんとうの富士山で、山登り好きな人が言うけれども、登ってみれば富士山くらいつまらない山はない、ぜんぜん味がないというのね。「来てみればさほどでもなし富士の山、釈迦も孔子もかくやあるらん」という、いいかげんな歌がありますけれどもね。
だから金持ちで富士山に登ったなんて話はあまり聞いたことないですよ。富士山に登るのはみんな庶民だけれども、庶民という言葉をわたし言えなくってね。知らなかったのかな、そのころ。庶民、庶民と言われているから庶民って言うようになっちゃったけれども、そのときは貧乏人と言ったの。そうしたら変な顔してましたね。

**武田** 深沢さんそのときもうひとつ言ったわよ。富士山の見えるところに住んでいる人に美人はいませんねって。あたしいやんなっちゃった。（笑）毎回言われてたよ。井伏先生の奥さんは美人で、伊藤先生の奥さんも美人で、あたしは美人でない……。（笑）

**深沢** でもいつだったか、武田先生はしみじみと富士山を眺めていらっしゃった。

**武田** そうですか、あたしはそれ気がつかなかった。

深沢七郎とラブミー農場にて（写真　河出書房新社）

**深沢**　まるで酔ったみたいにして見ていましたね。

**武田**　あたしはぜんぜん気がつかない。梅崎〔春生〕さんが、亡くなる前に「ぼくはいま日赤に入院していて、富士山がよく見えるんですよ。富士山見えるの嫌いだな」というふうにおっしゃっていたのね。ものを書く人というのは、そういうふうにひねくれているのかなと思ったら、あたしがわりあいと大鵬とか卵焼きとか巨人というのを好きでも、武田はべつにどうということもないみたいでしたね。
　武田はＮＨＫが好きで、天気予報が好きで、あれは体の衰えもあったと思うんだけれども、この一、二年くらいことに静かなのが好きになったようね。あたしと娘はＮＨＫが嫌い。民放が好きでね、「ウィークエンダー」なんていうのをキャッキャッと喜んで見ているの。「ウィークエンダー」は、山梨に行くと深夜番組になっちゃって、十一時半から始まるのね。それをあたしが見ていても、武田は見ませんでした。体の衰えだと思うな、いま考えると。今年になってからかな、ことに民放嫌いになって、ＮＨＫが好きになってね。ＮＨＫの相撲番組と、それからキックボクシングだけは民放でもずっと、死ぬまで好きでしたね。あたし達がＮＨＫを見ないものだから、自分でＮＨＫの教養番組をつけて、特派員報告でロンドンの絵葉書のようにきれいな景色なんか見て、「ＮＨＫなんかといって、バカにしたもんじゃないよ」って言うのよ。そうするとあたしと娘と二人で「いやだ、いやだ」なんて言ってね。

**深沢**　テレビは「昼間ＮＨＫ、夜民放」という言葉があってね、昼間は民放は勉強していないんです。夜になると豪華版やるからね。わたしもキックとか相撲は見ますよ。

**武田**　「コンバット」もね。

**深沢**　わたしは「必殺仕掛人」というのが好きで、大体チャンバラはもう見ることになっているの。ＮＨＫのチャンバラは平将門だのなんだの、歴史もので……。

**武田**　つまらないわね。つまらないから、見ているそばからあたしが徹底的にけなすじゃない。そうすると武田は黙って見てましたね。いま考えると、死ぬ前って変なものねっていう感想にやっぱりなるけれど、ここ一、二年くらいそうだったから、体力の衰えがあったんじゃないかと思います。ＮＨＫは疲れないって言ってましたからね。

**深沢**　武田先生はわりあい歌謡番組好きですね。

**武田**　好きよ。

**深沢**　面白かったのは、武田先生が富士山に越したときに、いろいろ大工さんが入ったりしたでしょう。それで、山梨の人は大きい声でワイ談をするんですよね、でっかい声で聞くに耐えないようなことを言うの。それが山梨の特徴で、それだけからっとしているんだけれども。

**武田**　そうそう。

**深沢**　その大工さんたちがまた、きわどいことを大きい声で、普通小さい声で言うようなことを、でっかい声で叫ぶようにして話してるのね。それを武田先生は非常に変に感じたらしい。

**武田**　変というより、武田は東京生まれでしょう。お寺の中でおとうさんとおかあさんに大切に育てられて、便所の落書きみたいな話は小さいときからあまり聞かなかったのね。山梨へ行って、はじめて田舎のそういう人たちの話を聞いたらしいの。それでも、とても山梨の人を好きだったみたい。欲ばりだけれども、からっとしていて好きだって。

**深沢**　わたしがこの菖蒲町へ来たのは、武田先生がああいうところへ行って、なんか作ったり、木を植えたりしたということを聞いて、おれもやるぞと思ってね、それでわたしは菖蒲へ来る決心がついたんです。だからそういう意味でも先輩ですね。

**武田**　ちょうど同じくらいだったのね。

**深沢**　いやわたしのほうが遅かった。武田先生がああいうところへ行ったんだから、おれも行くぞといって、あとから……。わたしは山梨へ行くとみんな親戚みたいになっちゃってね、同級生だとかなんやかんやいっぱいあって。それでちょうどここに土地もかなりまとまったところがあって、それで越してきたんですけれどもね。武田先生に刺激されたわけですよ。

**武田**　深沢さんは、すぐ梅の木の苗を、十三本かな、届けてくださったのね。こんなちっちゃかったの。それを植えたときがちょうど三月のお彼岸で、掘ってみたらツンドラなのよ。もうちょっと掘ると氷でね。一本植えるのに一時間くらいかかったんだけれど、全部あたしが植えて、そうしたら不思議に全部ついちゃったの。そのあとで深沢さんが赤坂の家へいらしたとき、あたしもおつかいで外に出ていてちょうど帰ってきたところで、深沢さんが家のほうに入って行くうしろ姿が見えたのね。そうしたら深沢さん、ジーパンをはいていたんだけれども、なんだかとても元気がないようで——よく植えたものが全部つくと却って縁起が悪いというじゃない。だから——あれっ、梅の木が全部ついたから、深沢さん死ぬんじゃないかなんてひょっと思ったのよ。でも武田のほうが先に死んじゃったのね。

**深沢**　わたしは今日はほんとうに言いたくないし、奥さんに謝らなきゃならないことで、いやだけれども、言っちゃったほうがいいと思って言いますけれども、『楢山節考』の出版記念会のときに、武田先生が、おりんさんが生まれかわったらこういうふうになるって、キューピーさんに数珠を持たしておりんと書いて、奥さんが頭に毛糸の毛をつけてくれて、バタフライもつけて……。

**武田**　陰毛もちゃんと白髪でつけました。

**深沢**　それをいただきましたね。それが今年の六月か七月、夜中にバターンと大きな音がしたんです。ネズミがピアノの台の上からでも、なにかを落としたかなと思っていたら、朝になってみるとそれがひっくり返ってるんですね。二十年もたっているでしょう。それでネズミが、頭の毛を、毛糸だから、食い散らかしているんですよ。でも数珠はちゃんとしているし、おりんが生まれかわったらこうなるって言われた因縁があるし、わたしは、これはもうおれがだめなのかな、なんて思いましてね。これはおれの記念で、あとの人にやるのはいやだし、おれが抱いて寝るわけにはいかないから、焼こうといって……。

**武田**　そう、焼いちゃったほうがいいの。

**深沢**　それをお盆に焼いたんですよ。そうしたらアッという間に燃えちゃってね。そうして武田先生が亡くなる三日くらい前に、わたしが死んでわたしが棺桶のなかに入るというところまで夢に見たんです。朝起きて、いよいよおれもだめだな、これは死ぬ前の夢見だなって、わたしが死ぬとばかり思っていたのに、そのあとすぐ武田先生が亡くなっちゃって……ああ、あのおりんさんを燃したのがいけなかったかなって、考えちゃいました。わたしはもう、ある物はことごとくみなさんに上げたりして、なるべく身を軽くしていようと思ってるんですけれどもね。

**武田**　あたし、深沢さんが『風流夢譚』のあのときね、逃げ回っている途中で家に来てくださったとき、全部身軽にしてしまったと言って、このレコードはイヤな奴にもっていかれるといやだから、好きな人にあげられるように持ち歩いているんですという話を聞いたから、それじゃああのキ

**深沢**　ユーピーさんはもう焼いたんだなと、そのときから思っていました。いやこの間、今年の八月十六日に焼いたんです。なんか霊魂があるような気がして。ここは盆が八月なんですね。おっかさんの命日が十月六日で、それが武田先生のお通夜の晩でしょう。五日に武田先生が亡くなって、その三日くらい前にわたしが夢を見て、この夢じゃいよいよおれも駄目だな、前兆だなと言ってたのにね。それでこの間もお通夜の晩に、燃しちゃったことを言おうと思ったんですけれどもね。なんかわたしに責任があるような気がして……。

**武田**　あたし平気よ。もう燃しちゃったかなってあのとき思ったから。変なキユーピーさんで、大きくて、白髪で。

**深沢**　でもちゃんと数珠をして、おりんと書いてあった。

**武田**　丁寧に作ったの。

**深沢**　キユーピーさんはおばあさんだから白髪で、陰毛も白髪で。長いこと飾っていたから、ほんとうに霊魂ができちゃったんじゃないかな。

**武田**　でも武田は、死んだらもうあとは物質で、燐《りん》とかいろんなものになるんだから、死ぬときまででいい、あとは……霊魂はないよって、いつも言ってたから、あたしもそう思っているんだけれど。やっぱり霊魂なんてあるかしら。

**深沢**　わたしはないと思うけれども、あのキューピーさんはあんまり合い過ぎちゃって、とにかくわたしとは他人じゃないですね。

**武田**　なんだか最近はあまり来なかったものね、深沢さん。ときどき気が向くと来るくらいで。

**深沢**　最後は、この三年か四年くらいは、行きたいなと思ったけれども、わたしが途中でいつ悪くなるかわからないし、行けなかったですね。

**武田**　武田は深沢さんを妙に好きで、それは大岡〔昇平〕さんとか埴谷さんとか竹内さんは別ですよ。妙に好きというのが、三島さんと深沢さんだったんじゃないかとあたしは思う。

**深沢**　でもわたしは三島さんをあまり好きじゃない。そこがおかしいですね。

## 〝死ぬ練習〟

**武田**　正宗〔白鳥〕先生が亡くなられる前は、しょっちゅう深沢さんは来ていたでしょう。今度、ぶどう狩りに正宗先生を連れていこう、みんなで行こうといっているときに、ちょうどそのころご病気になって、武田が、正宗先生はやめたほうがいいよと言ってたことがあったわね。

**深沢**　正宗先生は、肝臓ガンで死ぬ一週間ぐらい前に、奥さんに言って歩いたんですよ。病院の階段のところに腰かけるところがあって、自分がまだ起きられる、そのぐらいなら歩けると思って、起きて歩いたら、どたんと頭をついて足が折れちゃった。

**武田**　肝臓はそうなのね。

**深沢**　それで膏薬なんかをいっぱい貼ってね。それが一週間前ですよ。わたしが「奥さん、ガンだからだめですね」と言ったら、奥さんが「あら、ガンなんてだれがそう言いました」って。あれにはびっくりしましたね。これはまずいこと言っちゃったと思って、だから今度のときも、奥さんもあの口だなと思ったの。

**武田**　その口だと思ったんでしょう。

**深沢**　そう思ってたら、案外すっかりもう悟りきっちゃってたでしょう、奥さんが。だからこっちは楽だったけれどもね。正宗先生の奥さんなんかボーッとしちゃって、ほんとうはもうふた月も前に言われているんですよ。

**武田**　お忘れになったのかしら。

**深沢**　いや、自分でそうじゃないと思っちゃうんでしょうね。そうじゃないと思うから、わたしに言われてかあっとしちゃったのね。びっくりしました、ほんとに。まずいこと言っちゃったなと。奥さんもそれに似たような気持でいるんじゃないかなと思ってたんですけどね。正宗先生のときは、それこそ「ガ」と言っただけで、奥さんはかあっとしちゃうみたいだったから。

**武田**　今年の夏にね――それが妙に今年の夏だけあたしは一日も欠かさず日記をつけていたの。不思議なんだけれども。日記といってもメモね。武田はいつもあたしに、日記をつけなさい、つけなさいって言ってましたけど、あたし、ものを書くのはいやだったから、日記はつけなかったのね。それでも山に行ってから、あまり日記つけておいてくれと言うから、あたしも、なにを買っていくらというようなのを、ずっと不思議にもつけていたの。それ、日記というよりほんとうにメモのようなものなんだけれども、今になって読み返したら、ちょこっちょこっとなんか書いてたりしてるのよ。

あたしが富士吉田でやってるポルノ映画を観に行きたくなってね――ポルノ映画で『Ｏ嬢の物語』という西洋映画がかかっていて、それをあたしは観に行きたいんだけれども、武田がなにか少し元気がなくて、お天気がよくて草むしりをしながら坐っているから、「とうちゃん、ちょっとあたしお話がしたい」と言うと、「なんだ？」と言うので、「今日は富士吉田に『O嬢の物語』を観に行きたい。とうちゃんも行く？」って聞くと、「おれはそれどころじゃないんだ」と言ったというようなことが書いてあるの。それが岩波の「講座文学」の原稿を書く前で、二十日ごろだったわね、八月の。おれはそれどころじゃないと言って、地面に坐ったまま怒るのよ。怒ってから、お前と娘だけで見に行けばいいよと言われたけれども、あたしはその怒り方がすごいから、げんなりしてもう行きたくなくなってね。

その日の日記を見ると、「『O嬢の物語』が富士吉田の銀星座でやってるから、観に行きたいよ」といったら、武田が怒ったので、もうあたしは行きたくないと思った——って書いてるの。そのあとに、いつか深沢さんが話してくれたんだけれども、正宗先生が亡くなる前に、深沢さんが奥さんと枕元で「先生、うなぎの重箱とりましょうか」と言ったら、「おれは百万円ここにあったらお前にやるから、そのぐらいくれてやるから、どうかそういうことは聞かせんでくれ」と言われたっていうのね。

**深沢**　それを思い出して、正宗先生のそのことが頭に浮んだと書いてあるの。それはね、わたしが正宗先生の奥さんに、先生はうなぎが好きだから、うなぎを食べさせればいいですよと言ったのね。そうしたら、奥さんがその気になっちゃって、先生に「食べてください、食べなければ死んでしまいます」と言ったの。それで先生が、「おれに物を食わせるということは、刑罰を加えると同じことだ」と、そう言って奥さんに断ったんです。それから、銀座のフランス粥が好きだと言うから、それを買いに行ったんですよ。土鍋に入れてくれれば病院でそれを沸かせばいいっていうんで、タクシーに乗って行って、それをこうこぼれないように持ってね、買ってきたの。そして病院でフランス粥を煮たんです。
　その次の日だかに病院に行って、お粥食べましたかと聞いたら、おいしいってまあ全部食べましたよと、奥さんが言うでしょう。ところがそれが、このぐらい箸でつついた跡があって、あとはそっくり残っているんですよ。そのとき、ああ、だめだなと思った。奥さんは、深沢さん、全部食べましたよって言うから、わたしはいい気持になっちゃったんですけどね。だいたい病人に食わせること好きなんですよ。おふくろが食えなかったからね。病人が食えば、うんとうれしくなる。

**武田**　『Ｏ嬢の物語』のときはまだ八月で、トンカツも食べていたし、餃子も食べていたし、いろんなものを食べていたの。だけれど、あの『Ｏ嬢の物語』を観に行きたいと言ったことは、深沢さんと奥さんが、正宗先生にうなぎを食べますかと言ったことに匹敵するんじゃないかと思って、あとでむごいことをしたなと思いました。ほんとうにあのときは、正宗先生と深沢さんのことを思い出しちゃった。アーッと思ってね。それ思い出しても、武田が死ぬとか、そういうふうには考えられなかったけれども、これはうなぎと同じかなと思った。

**深沢**　肝臓ガンになったら、死ぬ三カ月ぐらい前から食えないわけですよね。

**武田**　武田は食べてました。

**深沢**　だからね、入院する前はうなぎを食べてたと聞いたから、びっくりしち

**武田**

ゃった。運がいいんですね。

九月の二十二日に入院したでしょう。二十一日に竹内さんと埴谷さんが来て――そのときあたし、ガンということは五日くらい前から知っておりましたし、もうお別れだと思っていたから、なんでも好きなようにしていいと、四時間ぐらい皆でしゃべっていたの。そのときに、「缶ビールをポンと開けてすっと飲む。缶ビールをちょうだい」って、武田が缶ビールをほしがってね、みんなが止めたのよ。肝臓病はそんなことしちゃいけないって。そうしたら、お前たちは湯呑み茶碗にビールを入れて、隠して飲んでいると言うの。そうじゃないよって、竹内さんが湯呑みを見せたら、「ポンと開けてすっと飲む。簡単なことじゃありませんか。別に怪しい者じゃございません」とまた言うのよね。娘もあたしも笑っちゃった。すると武田も笑ってね、楽しそうにしていました。入院の前の日までそうだったわ。

　そのあとは食べる物はあまり……食べたいとも言わないし、なにか自然な断食という感じをあたしは受けましたね。少しはアイスクリームなど食べたりしていましたけれども、別にそれほど欲しがりもしなくて、あの食べたがりの人がこんこんと眠って、眼が覚めると笑って、それで死んじゃったの。

**深沢**　わたしの親父の兄さんという人は、直腸ガンで手術するときに、家中連れて銀座に天ぷら食べに行って、それから入院したんですよ。そのあと二週間ぐらいで死んじゃったけど。直腸ガンの肛門をこしらえてね。そういう人もあるのね。

**武田**　武田は脳血栓になってから、目まいがときどきしていたでしょう。目まいがするとすごいのよ。自動車から降りるとね、たったっと右のほうへ斜めに歩いていって、にこにこ笑ったまま、ふっと仰向けに倒れる。そういうときに騒がれるの嫌いな人だから、あたしがそうっと抱きかかえていると、しょっちゅうじゃないけれど、ときどき「死ぬ練習」ってね——死ぬリハーサルということね——「死ぬ練習」と言うのよ。ずっと五年の間、脳血栓でそんなことがときどきありました。あたしは武田はやさしい人だなって、いまになって思ってる。のろけですね、これ。武田は、自分が一気に死んでしまったらあたしがびっくりするから、始終死ぬ練習をして驚かさないようにしてくれたんだなと思って。死んでゆく人って変なものね……。

　脳血栓のときに人間ドックに入ったでしょう。そのときはトランクを自分でさげて入っていって、そして退院したんだけれど、病院に出す書類に、退院の理由というのを書き込まなければならないの。丸印で囲んでね。そこには、経済的な理由で退院するというのと、全快して退院するというのと、その次の欄に、全快ではないけれども退院するというのがあって、その次に、死亡で退院するというのがあったの。武田はそれを見て、この次は、死亡で退院するというところに丸印をつけるんだなって言っていたけれどもね。

**深沢**　でも、武田先生は痛がらなくてほんとによかった。

**武田**　それはほんとうによかった。それからね、入院してからあたしと娘でオチンチンを拭いてあげたの。武田は中学生時代からオチンチンをよく洗ったことはないと言ってました。それで毎日毎日、おしっこのたびに蒸しタオルで拭いてあげて、どんどん綺麗になったのよ。こう、きゅっと首をちぢかめたようになっちゃって……可愛らしかった。おしっこさせながら、あたしが「オチンチンのうた」ってのを作詞作曲してうたったら、笑ってね。でもその次に「おしっこ音頭」ってのを作ったら、これはあんまり喜ばなかった。変な顔してたわ。

## 仏教について

**深沢**　武田先生の奥さんに、前からわたしが伺いたいと思ってたのは、武田先生は仏教のほうの方なのに、お嬢さんはミッションスクールへ行ったでしょう。あれは武田先生の意志ですか、それとも……。

**武田**　武田の意志です。三つくらい理由があるんだけれども、一つはあたしがPTAが嫌いなのね。PTAでしょっちゅう学校に行くのがいやで、それでPTAのない学校がいいと思ったの。それから、あの子を産むとき、あたしキリスト教の病院に入って産んだんですね。

**深沢**　それはどうして？

**武田**　あたしこんな大きなおなかになるまで、お産婆さんも決めてなかったし、病院も決めてなかったの。みんなが心配してね、「どこで産むんですか」なんて聞くから、「わからない」と言ったら、うちによく出入りしていた若い男の人がキリスト教のほうの人で、「衛生病院というのがあるから、そこへ行くといいですよ」と言って、家からすぐそばのその病院を紹介してくれたのね。それでそこで産んだんだけれども、看護婦さんも先生も、どんな人にでもみんな平等だったのね。その病院は、そのころ、ちょうど娘が生まれるころは、進駐軍の大勢力があるころだったから、進駐軍の人の奥さんが多かったのね、偉い人の奥さんが。でもみんな同じ病室で、同じ食事で、どんな貧乏な人でも、着のみ着のままで入っても、同じ態度で扱った。それが武田はとてもよかったと言って、それでキリスト教の学校へ……。

**深沢**　そうですか。わたしはお嬢さんの意志かな、奥さんの意志かな、いや武田先生の意志かなと思ったけれども、そうだったんですか。でも幅が広くなっていって、いいですね。

**武田**　ＰＴＡはぜんぜんやかましくないし、成績が悪くて呼び出しを食ったことはあるけれども、そのほかのことは、学校の教育は学校でやりますって。

**深沢**　それからもう一つお訊きしておきたいんですけど、わたしが『楢山節考』で昭和三十一年に、武田先生なんかの推薦で新人賞をもらったとき、そのときは武田先生は、たしか中目黒のお寺の住職さんだったような気がしますけれど。

**武田**　そこの住職はしませんでした。ほんとうは父がそこのお寺の住職で、武田が継ぐはずだったの。それが、武田は小説書いていたし、自分は坊さんになるんだったら結婚しないというつもりだったから、自分は住職を継がないと言って、武田が継がないときはその従兄にという父の遺言があったから、その従兄が継ぎました。でも、父が亡くなったあとも母がそこに残っていて、寂しがるし、武田ももともとそこに住んでいたので、そのままいたんです。武田はお寺の二階に住んで、坊さんの仕事はその従兄がして——従兄と言ったって〔昭和〕天皇陛下と同じ年だから、いま七十四くらいね。

　父が亡くなってからまもなく、あたしは子供を連れてお寺に入ったの。その前は外で暮らしてたから。結婚式はやらないで同棲してました。武田の父が死んで、母一人になってしまうので、子連れでそこへ闖入《ちんにゅう》したんです。住職になった従兄の人は、会津にお寺をもっていて、奥さんを会津のほうに置いて出張してきてたのね、一カ月に何回か。だからお寺の奥さんの役、お大黒さんというのかな、それはあたしがやっていたの。

深沢　お大黒さまね。

武田　いろんなことをやるのよ。法事をやったり、人が死んで枕経を頼まれたり……。

深沢　そのあとで上高井戸へ行っちゃったんですね。

武田　それは娘が六つのときに、試しに出したら公団住宅が当ったの。それで学校のこともあるし、あたしもなんだかお寺の……お寺のお大黒さんの仕事って、ちょうど料理屋のおかみさんと同じなのね。

深沢　昔はね、いろいろお寺でご馳走なんかできましたよね。

武田　あたしは商売好きだから、いてもよかったんだけれども、でも武田は住職ではないし、六年くらいいましたけれど、なんとなく飽きちゃって、それで高井戸のほうへ移りました。

深沢　立派なお寺でしたね。わたしも一回行ったことがあって……ご挨拶と言っちゃおかしいし、見物と言ってもおかしいけれども――いちばんいい

**武田**　場所でね、中目黒の。そのときは武田先生には会わずに、会う勇気がなくて帰ってきたの。(笑)

**深沢**　深沢さんにあたしが会ったのは、高井戸ではじめてですね。これが深沢さんっていう人だなあっていうふうに会ったのは。

**武田**　それで、ちょっと深入りして変ですけれど、住職さんにならなかったというのはどういう……。

**深沢**　どういうんだろうな……そういうのをあたし、はっきりこれこれと、こういう理由でというふうには武田から聞いたことないんですけれどもね。やっぱり、坊さんになるのだったら結婚しないことにきめていたのに、その前からあたしと外では同棲していたっていう、そのことと、もう一つは、小説家でやっていこうと思ったからでしょうね。坊さんと小説家を兼ねている人もいるけど、武田はそれはいやだったろうと思うのね。

**武田**　わたしだったら、小説やめても住職さんになってたろうね。

**深沢**　深沢さんは結婚してないからちょうどいい。頭もこういうふうになってて、ちょうどいい塩梅ですね。

**深沢**　小っちゃいときは、坊主にならされるところだったんですよ。ところが、そのときはいやだいやだと言って、おふくろなんかも反対したから実現しなかったんですね。それで今度は大きくなって、三十過ぎにちょっと胸を患って、病気がよくなってから、お寺がいいな、坊さんになろうかなと何回も考えましたね。いまでも七郎和尚というくらい。電気かみそりがあってね、それで頭剃っちゃう。昔はかみそりで剃ったでしょ。

**武田**　かみそりでうしろから剃るのね。井戸端にかがんで石鹼つけて、こういうふうに剃るの。

それからあたし、塔婆なんかも書いちゃった。ほんとうは書いちゃいけないのよ、坊さんでもない女が。でもお金もない、遠くから来てほうぼうのお寺で断られて、なんていう人がくると、あたしは、いいですよって書いちゃったの。名前の上のところに雲が飛んでいるような——それ梵字でなんていうのかよく知りませんけれども——その書き方を一生懸命練習して、そのとおり写してね。キリスト教で死んだ人のときは、雲が飛んでるのじゃなくて森永キャラメルの天使。森永キャラメルを女中さんに買ってきてもらって、天使のマークを写したの。

でもそうね……普通子連れで闖入したといったら、みんなの興味の的でしょう。えたいの知れない女が、しかも子供を連れて来たなんて。だからみんなが顔や様子を見にきたりしてたようね。そういうふうに見られているって、あたしは当時わからなかったし、商売好きだから、あら、お料理屋さんみたいだと思ったりしてました。普通はそういうところのお嫁さんは、たいてい檀家の総代なんかの関係の娘とか、お寺関係の娘とか、そういう人がくるんですね。それがまるっきり違う人がきたから。

**深沢**　そのとき武田先生は？

**武田**　そのことでは、ひと言もあたしに何も言わないし、顔にも出さなかったですね。トラブルはたしかにありましたけれど、武田はそういうのを、あの人わりと計略うまいから、そこはかとなく抑えちゃったというところはあったかもしれない。とんでもない女が来て、お寺や母とうまくゆかず、その間で自分がどうにかなってるということは、ぜんぜん素振りにも出さなかったですね。あたしもそんなことあまり思わなかったから、たいてい威張ってくらしてましたね。

**深沢**　武田先生の奥さんになられたのは、おいくつぐらいのときですか。わたしはずいぶん若い奥さんだなと思ったの、そのころ。

**武田**　高井戸に深沢さんがはじめてきたころは、うちの子供が学校に入ったときで、七つぐらいで、二十六で産んだ子だから、あたしは三十三くらいだったと思うな。

**深沢**　でもそのころといまとで、ほとんど変わらないですね。

**武田**　そうですか？　でも武田が入院してからいままでで、十キロ痩せちゃったの。

**深沢**　奥さんが？

**武田**　ええ。お通夜にくる人がみんな、半分になった、半分になったって言うのね。もっとおいしいもの食べてビール飲んで、太らなくちゃいけないって。自分では憔悴したとか、がっくりきて体力が衰えたという感じはぜんぜんないのよ。おいしいものも食べているしね。漢方薬なんか武田の残りのを飲んじゃったりして、元気だけれども、みんなが痩せた痩せたって言うのね。

**深沢** ずっと昔チャップリンの映画がきて、正宗先生と武田先生と三人で、東横の文化会館にあるパンテオンへ行って観たんですよね。それで終わってから、ちょっとコーヒー飲みましょうなんて言ってね、武田先生は、僕はビール飲むと言ってビール飲んだの。そのとき、こう栓を開けながら、ちょっとガタガタッと揺れたんですよ。

**武田** あれ小学生のときから震えるの。

**深沢** そうするとアルコール中毒じゃなくて……。

**武田** よくみんなにアル中ですかと言われるんだけれども。小学校のときから、小学校よりもっと前から震えたんじゃないかしら。

深沢　武田先生はやはりいちばん仏教的な人だと思いますね。

武田　あれは恥ずかしかったんだと思う、坊さんになるのは……。

深沢　坊さんになることが？　やめちゃったことが恥ずかしいんでしょう。

武田　そうじゃなくて、いまの坊さんの生活というのは、自分の考えている坊さんの生活と違うわけでしょ。自分の考えている坊さんの生活ができればいいけれども、自分はとうていできないっていう……。

深沢　わたしは武田先生のお経って聞いたことないんですけれどね。

武田　あたしもあまり聞いたことないの。昔友達のお父さんだかが死んだときに、どうかやってくれと言われて、輪袈裟をかけて行ったことがあるんだって。そこでやったら、途中でおかしくなって、吹き出してゲラゲラ笑い出しちゃったと言うの。そうしたら、そこの家のお父さんが死んだんだけれども、子供達がゲラゲラ笑って、奥さんまで笑い出して、もう収拾がつかなくなったという話を聞いたわ。それと犬のお経を読みに行ったことがあるんですって。

**深沢**　それは面白いですね。

**武田**　武田の父が住職していて、武田が独身でそこにいたころね。お経を読みにきてくださいと言われて、武田がかわりにお檀家に行ったのね。一生懸命読んでいて、お棺を開けてみたら、赤い犬がなかに入っていたんでびっくりしちゃったというの。そういう話をしてました。お経はきっとうまかったんじゃないかと思うわ。

**深沢**　うまかったでしょうね。

**武田**　あたしは武田の、独唱というかな、オペラなら独唱だろうけれども、独唱のお経というのを聞いたことないんです。

**深沢**　奥さんも聞いたことないんですか。

**武田**　どなたかが読んでいて、それに低く合せて読んでいる姿は見ましたけれども、一人でオペラのように独唱しているのは、たしか聞いたことありません。

**深沢**　お通夜の晩に見たら、ちっちゃい木魚がありましたね。あれは？

**武田**　坊様はみんな親戚で、自前なの。小さいときに武田といっしょに育てられたり、海水浴に行ったりした坊様達が、みんな年をとって、その人たちがきてくれたんです。

**深沢**　お通夜の晩、お宅にいらっしゃってた……。

**武田**　みんなそうよ。だからどの人も自前で、お経料なし、お車料なしで、風呂敷のなかに木魚だの衣だの包んできて下さった。うちはアパートで狭いから、お棺の前で包みを広げて、衣を着て、木魚を出して叩いて、また木魚をしまって、着替えてって、七変化みたいにやったの。小さな木魚はその坊様が持ってきたのね。花瓶も持ってきてくれました。

**深沢**　わたしは日蓮宗ですけれど、日蓮宗は木鉦《もくしょう》といって、木のおだんごみたいなのを叩くんですよね。木魚はしないんです。ところがわたしは木魚が好きなの。楽器だからね、ひとつの。わたしも型破りで、べつに宗教がどうのこうのという気はないから、先祖が日蓮宗だけれども、いいやと思って、木魚を買っちゃった。

武田　木魚でも木の質や塗りで音が違うのね。

深沢　お経も、天台宗だ、真言宗だ、なんだと全部お経の本揃えてあるの。みんながずいぶん欲の深い宗教ですねと言うから、なんでもやるんですよって。日蓮宗では「般若心経」はあげないでしょう。だけどそれもあげるし、全部なんでも……。

武田　日蓮宗のお経ってまた特別ね。

深沢　告別式のとき、〝無上甚深《むじょうじんじん》〟って、あれをやり出したでしょう。

武田　微妙法《みみょうほう》と続くのね。

深沢　のろくやり出したんでね、高いお経だろうなと思った。

武田　ほんとは高いの。うちはただでしたけど。時間が長ければ高いのよ。坊様が多くても高いのよ。

深沢　お経は安いと、ジュジュジュ、みんな早くやっちゃいますね。ところがあれはのろかったから、家へ帰って真似したけれども、息が切れちゃってね。あんなにのろくはできないですね。

武田　〝無上甚深〟って、あれを最初に読みはじめる人ね——普通の言葉で言えばリーダー。仏教じゃ維那《いな》と言うそうだけれど——維那をやる人というのは大切で、坊様のあいだでは、今度の葬式は誰が維那をやるのかというくらい、大切なんですって。そして、オペラでいうとテノールのような美声で、鉦とかお経の声の音響効果、そういうことも全部ご存知で、法式にも精しい坊様ね、そういう人がやるのがいちばんすばらしいそうです。今度の〝無上甚深〟をやった方も、法式の名手でいらっしゃるんだって。

深沢　そうでしょうね。わたしも真似しようと思ってやり出したけれども、息が切れちゃったもの。あれはずいぶん立派な声だなと思いましたね。

武田　よかった。うれしいわ。

深沢　それに、〝なみあみだぶ〟のハーモニーを大勢でやって、すごくきれいで、もう感激しちゃったですね。

武田　あのなかの黒衣を着ていた坊様たちね——老僧というのかな、年とった人だから老僧というのかな——武田が小さいときから一緒に遊んだり、海水浴なんかしたりした坊様たちなの。その人たちが黒衣を着てくださいました。お導師様も、武田は小さいときの名前を覚《さとる》といったから、サッちゃん、サッちゃんとよんで、若いころスキーに行ったりよく遊んだりした方なの。あのとき告別式にうつってから、「六時礼讃」というのをやっていただいたの。お導師様はそのなかの「日中礼讃」というのをやってくださったんだと思います。年とった坊様は、あんなに一時間もやると息が切れるらしいのね。

**深沢**　何人ですか。

**武田**　七人だったかしら。うちのお住職さんはその日病気でだめだったから……六人ね、六人でやってくださったの。

**深沢**　ほんとにきれいでしたね。

**武田**　普通はね、老僧は声量がなくて、「六時礼讃」を合唱するのはとても無理なので、録音したものを使うんですけれども、この際生《なま》で、サッちゃんのために、ご回向のかわりにしましょうといって、みんなで一生懸命してくださったの。全部生でしてくださったのね。その前にね、團伊玖磨《だんいくま》さんが作ってくださった『ひかりごけ』のオペラが、武田はとっても好きで、ときどき團さんから頂いたテープを聞いたりしてたのね。それで、みなさんがそれを流そうかといってくださったんだけれども、武田は自分の芝居が上演されても恥ずかしがって観に行かない人だったでしょう。それに、お経では「六時礼讃」がいちばん好きと言っていたから、それをやってくだされぱって、差し出がましかったけれども、おねがいしたんです。そうしたら、坊様がたが快く、しかもそれを生でやってくださって……。

武田はときどき、お経はどんなのが好きですかって聞かれたり、ごくたまに、あたしなんかにもお経の話をするとき、「日没無常偈《にちもつむじょうげ》」というのが好きだ——入り日に向ってあらゆる仏様を拝んでから、無常偈を唱えるんだ、それがいちばん好きだと言ってました。だから、それがいちばん好きだったんだろうけれど、「六時礼讃」も全部好きでしたね。

**深沢**　武田先生がお好きなお経ですね。今度わたしもあげます。

**武田**　「日没無常偈」がいちばん好きだっていうのは、いつも言ってましたね。入り日に向ってというお経が好きだって。あたし、そのお経の意味を、生きているときに武田から聞いたことはなかったんだけれど、今度つくづくそのお経の本を見てみると、曼陀羅みたいにたくさんの仏様の名前を唱えて、最後に「日没無常偈」と言ってから、日没無常偈の言葉が短く入っているの。その死はいつ突然やってくるか分らない。風にゆられる灯りのようなものなのだ。いつも真昼間と思ってはしゃいでいると。――というような言葉がね。あたしはビール飲んじゃ、はしゃいでいるんだから……。

**深沢**　今度さがしてみます。

**武田**　深沢さんが高井戸によく見えていたときに、新興宗教の話が出て、うちは印刷所やっていて、お得意さんがみんな新興宗教を勧めるもんで、商売の関係で七つも入ってますって話してらしたわね。

**深沢**　わたしのおふくろが、勧められるとなんでもみんな入っちゃうんですよ。わたしはキリストの本なんか読んでたの、新約の聖書なんかをね。面白いから、どんなことが書いてあるかと思って読んでいたんです。耶蘇《やそ》じゃないよ、なんて弁解しながらね。

**武田**　深沢さんは、七つも入りましたなんて、けろっとした顔して言っているから、たいへんなことだね、商売というものは、と言ってたのよ。

**深沢**　いまはやってませんけれどもね。日蓮宗はとても厳しくってね。ほかのお経なんかあげたら、悪魔か、三日の間に強盗に殺されるというくらい、いけないことなんですよ。だけれどもうわたしは、日蓮宗は親までで、わたしは無宗教みたいなものだからなんでもあげる。そのほうがいいと思う。ほんとうの宗教は、そんなようなもんじゃないかしらね。これはいけない、あれはいけないなんていうのは、かえっておかしいと思う。わたしはもう死んでも、お線香もいらない、お花もいらないと思ってたし、今でもそう思ってるけど、お通夜なんかそれでは恰好つかないから、線香ぐらいあげてもらってもいいですね。自分でアレンジした曲を流してもらってね。木魚を叩いたり、お経が入ったり、対談が聞えたりして。最近なにかそう思いますね。

（『文藝』一九七六年十二月号）

# メリイ・ウイドウのお話

金井久美子（画家）
×
金井美恵子（作家）
×
武田百合子

## まえがき

　何年か前、あるパーティでその種のパーティには珍しい非常に美人さんに会った。それが武田百合子さんだった。そしてそれからおつき合いが始まったのだが、私としてはパーティで紹介された人と親しくなるなんてのは、〈結婚〉や〈海外旅行ツアー〉と同じぐらい縁遠いことだったのである。百合子さん自身も話もいつもどれも小市民でない。そうするとじゃあ庶民的なのかというとそうではない。そういう発想を無効にしてしまうんだ。私は毎日、テレビやラジオや新聞や雑誌でチンプな、紋切り型の人々を見たり、言葉を聞いたりしているが、百合子さんは、それらの発言や表情のばかばかしさとは離れたところでイキイキと生きている人なのである。『話の特集』のSさんがこの鼎談（そんな立派なものになることはまずないと思うけども）の企画をお話し下さった時、百合子さんをゲストにお呼びしようとその場で決めてしまった。百合子さんの魅力を、もしかしたら『富士日記』をまだ読んでいない『話の特集』の若い（若くもない人もいるのかしら）読者にお知らせしたかったから。それと、ともかく私がそろそろ一緒にお酒でも飲みたいなと思っていたのです。（久美子）

---

**百合子**　この本、『話の特集』だったわね、私、すぐ『面白半分』と間違っちゃうんだ。

**美恵子**　あら、それは困るわね。（笑）『話の特集』をよく読むんですか？

**百合子**　花子がよく買ってくるから。それを時々、読んでたけど、花柳幻舟《はなやぎげんしゅう》と長谷川きよしって人達の対談って面白かったわね。相手がいいと、ものすごく面白くなるの。

美恵子　長谷川きよしって何なの？

久美子　歌手よ。

美恵子　アア、そうか。

百合子　あの人、面白いね、やっぱり。

久美子　花柳幻舟は、この間テレビに出てるの見たわ。久野収って人と。

百合子　あれ面白かったわね。久野収先生の本の宣伝みたいな番組だったのに、最後の方になると、花柳さんが、「この本、ダメ」なんて言い出して、しょんぼりしたわけね、久野先生は。（笑）

久美子　久野収は、そんな所へ出て来ることなかったのよ。

美恵子　あのてのインテリはケンキョだから花柳幻舟的女を好きなのよ。

久美子　でもさ、久野さんなんて人は、花柳幻舟みたいな女の人が恐いんだろうと思うわ。ああいうインテリにとっては、強い女の人っていうイメージに映るんじゃないかな。

美恵子　それはそうね。まあ、凄味があるものね。

**久美子**　だから、自分の出した本が「ダメだ」なんて言われると一言もなくなっちゃうのよ。

**美恵子**　久野収に限らず、普段、進歩的なことを難しく話してる人なんてのは、女の人の前に出ると、顔がダラッとしちゃうタイプなのかも知れないね。それとは全然別の意味でつまり、もちろんいい意味で、島尾（敏雄）さんって、そういうタイプなのよ。（笑）わたしは、好きだな。

**百合子**　（笑）

**久美子**　百合子さんの前では、どう？

**百合子**　あたしは、ああいう顔の島尾さんしか見てないわけじゃない。他の島尾さんの顔ってしらないもん。

**美恵子**　ああ、そうか。ゆるんだ顔の島尾さんしか見てないわけね。（笑）

**百合子**　あたしのいない時の島尾さんって見たことないわけじゃない。千里眼じゃないんだから。（笑）

**美恵子**　島尾さんって、愛想のいい人ではあるわね。それに、これを言ったら

久美子　少しまずいかもしれないけど、女の人が好きなんだな。
百合子　武田泰淳もそうだと思うな。あの人も女の人が好きなタイプの人よ。
久美子　そうね、ものすごくお愛想いい。（笑）
奥さんの選び方で、それが分るわね。武田泰淳が百合子さんを選んだってことと、島尾敏雄がミホさんを選んだってことで。それは、やっぱり、もしかしたら、自分の方がかなわないって思ってるんじゃないの。
美恵子　尊敬してるってことだと思うけどね。
百合子　そうかしら。あたしはねえ、尊敬なんて全然してないと思うわ。
久美子　社会的な意味での尊敬じゃないわよ、それは。
百合子　でも、ウチに来る女の人には、全部お愛想よかったわよ。馬鹿にしてたんじゃないかしら、女のことを。
美恵子　そんなことないと思うな。
久美子　『森と湖のまつり』にしても『貴族の階段』にしても、それから飛行機を操縦する戦後の小説なんて読んでも、いつも女の人は強いものとして出て来るのよ。主人公の男より、すごいものとして出て来ると思うわよ。

百合子　女がメチャクチャに食べたり、飲んだりとかね……。

美恵子　『もの食ふ女』ね。

百合子　そういうエネルギーとかね、昨日言ってたことを、今日言うことが違ってても平然としているところなんか、敗けちゃうって思ってただろうけど、それは尊敬とは違うんじゃないかと思うね。（笑）

美恵子　泰淳さんって人は、インテリとしては珍しく昨日と今日言うことが違うということに対して平気な人だったと思うけどね。

久美子　深沢七郎とかね。

美恵子　そうね。ま、深沢七郎はインテリじゃないけどね。（笑）でも、百合子さんに、泰淳さんは、いつもそういうことでびっくりしてたんじゃないの。

**久美子**　そういうところに魅力を感じてたんだと思うわ。

**百合子**　びっくりもしなかったと思うけどなあ。

**美恵子**　それはさ、夫婦になると馴れちゃうということもあるだろうし。でも百合子さんは他人をびっくりさせる人ではあるもの。

**久美子**　やっぱり驚異なのよ。百合子さんのしゃべることなんかも含めて、日々新鮮な驚きがあったと思うわ。

**百合子**　あたしなんかは、テレビ見ながら、このアナウンサー変な顔とか、あッ、この顔キライとか、内容と関係ないことばかり言ってる女なんだから、馬鹿ばっかり言っていると思ってたと思うけどなあ。

**久美子**　だから、そういうことも含めて驚異なのよ。だって大ていの人は内容について、りこうぶってベチャベチャしゃべるのよ。

**美恵子**　深沢さんにも百合子さんみたいなところってあるんじゃないかな。何を言ったかより、顔が馬鹿な顔してるとか、そういうことの人でしょう。だから『文藝』の百合子さんとの対談って、本当に気が合ってたわね。それに、あれを読んで気づいたのは、武田泰淳が愛したものがしゃべっているということね。

**百合子**　愛したものね。（笑）

**美恵子**　ごめんなさい。（笑）でも、愛した人じゃなくて、愛したものというところがいいんだな。『富士日記』を読むと、そういうことがよくわかるわ。

**百合子**　でも、あの対談では、深沢さんはものすごいサービスだったわよ。あの人は、とても義理・人情に固い人なのね。あれは武田が死んで十五日目ぐらいに対談したのね。あたしは、深沢さんが死んじゃうんじゃないかという気がしてたから、会いたいと思ってたでしょ。で、行ってしゃべったんだけど、ものすごいサービスだったのよ。普通、あの人が対談すると相手を喰っちゃうじゃない。だから喰わないように努力したんじゃない、あたし、そう思う。（笑）

**美恵子**　そうなのかしら。たしかに、百合子さんの方が深沢さんを喰っていたわね。

**百合子**　やっぱり、亭主死にたての未亡人だから、そういう喰われ方をしてたかもしれないけど。だけど、対談が延々と続いて終った時、「アア、女言葉でオレ、今日しゃべっちゃったよ」って言ってたもの、深沢さん。（笑）それ聞いた時、あたし、「まいった」と思ったわね。ヤクザみたいな義理固さがあるのね。

**美恵子**　あの対談の中で、武田さんが、深沢さんにキューピーをあげる話が出てくるわけだけどね。キューピーに白髪を貼りつけるなんていうのは、もっとも深沢七郎的な部分なんだけど、それを感覚的にわかる武田泰淳という人はすごいし、それを面白がる百合子さんもいいわけね。

**久美子**　『楢山節考』で中公新人賞を受賞した時の話ね。そのキューピーが「おりん」なんだからおかしいわよね。（笑）

**百合子**　武田っていう人は、お祝い事のある時に、お祝い持ってったりするのが好きな人で、「深沢さんにキューピーあげる」と言われても全然、不思議じゃなかったの。それで、「このキューピーをおばあさんにしてくれ」って言うから、あたしは、白髪と、陰毛も白髪にして、一所懸命にセメダインで貼りつけて作ったわけね。(笑)

**美恵子** あれを読んで、本当に唖然としたわね。(笑) なかなか、そういうことっていうのは知識人の発想じゃないからさ、出来ないことなのよね。

**百合子** 武田っていう人は、おかしな人でね、プラスチックの庭石っていうのがあるじゃない。コケまではえたソックリなの。ああいうのが、売れはじめた時、広告に出たのを見てものすごく欲しがったのね。あたし、いやだって言ったの。こんなの富士の山荘いけば本物がゴロゴロしてるし、いらないって言ったらね、こんな本物そっくりなのはないし、面白いから是非、デパート行って見て来てくれって言われたことがあったのよ。(笑)

**久美子** それで買ったの?

**百合子** 買わないわよ。そんなの買ってもアパートのどこにも置けないもの。

それから、加藤唐九郎って人の、すごいニセ物があったでしょう。

**美恵子**　ウンウン。

**百合子**　それでね、ニセ物だって、こんなにちゃんと作って、本物ソックリだっていうのは、本物を作るより、大変だ。大変だ、大変だって言ってるのね。（笑）

**美恵子**　武田さんっていう人は、本物でもニセ物でもどっちでもいいっていう人だわね。むしろ、本物に悪意があったのかもしれないな。

**百合子**　それ、どうかよくわかんないけど、ウチには全然、いい物がないわけね。ニセ物でも平気な人だったわねえ。（笑）

**美恵子**　それがもし本物の石だったら、きっと欲しがらなかっただろうって思うわねえ。

**百合子**　そうかもしれない。全然、ウチには壺とか絵とかというものがないのね。だから武田が死んで相続の時、申告っていうのをしたんだけど、何にもないから、家財道具ということで、茶碗なんかも申告したわけ。

でも、そんなのいくらでもないのね。それで税務署の人が不思議がるというか、あんまり少ないんで怪しんだらしくて、ウチを見に来たわね。どうして来るのかと思って計理士の人に聞いたら、作家っていうのは、日本刀とか壺みたいなものを持ってるもんだって言うのね。(笑)そういうイメージがあるから、税務署が隠してんじゃないかって怪しむんだって言うのよねえ。そういうのって、あるんじゃない。

**久美子** 週刊誌のグラビアなんか見るとさ。

あるある。小林秀雄と川端康成と三島由紀夫よ。日本の作家っていうと、その三人のイメージじゃない。この前、お宅に遊びに行った時にデューラーがかかってて、ひょっとすると本物かもって思ったけど、あれもニセ物なんでしょう。(笑)

**百合子** そう、ニセ物。(笑)

**美恵子** だけどさ。武田泰淳・小説家っていうと、小説家にどれぐらいの収入があるかどうかでなくてさ、やっぱり、知的な階級としても特権的だと、思ってるわけね。一般的に言って。そいでつい、本物のデューラーがあっても不思議じゃないのではと。（笑）そう、チンピラ作家としては思ってしまいます。

**百合子**　税務署の人なんて、雑誌のグラビアなんかに出てる、いい和服を着て、床の間を背景にして、気取って、日本刀を抜いてながめているという小説家のイメージを、武田に対しても持ってるのねえ。

**美恵子**　もちろん、壺や日本刀を持ってる人というのはいるとは思うわよ。だけど、どういうタイプの作家かを考えれば、そのデューラーの版画が本物かニセ物かというのがわかるんだけどもね。（笑）だから、見たことはないけど、江藤淳のところのローランサンは本物。（笑）でも残念ながら大岡昇平さんのゴーギャンも本物じゃないかなあ。（笑）

**久美子**　女流作家だと、いい和服とか香炉みたいなものを持ってるイメージがあるのね。その和服だって、デパートで買ったとかっていうんじゃなくて、人間国宝級の人の織った帯とかつけ下げとか、そういうものをお召しになっているというね。（笑）美恵子が女流作家でそんなことはないというのが良くわかっているのに、そういう女流作家のイメージってやっぱりある。例えば、中里恒子とか円地文子とかは、人間国宝の帯なんかをしめてそうな気がするわけよ。

**百合子**　「百人一首」の絵にあるような感じの背景の中で、書いたりするでしょう。両側が上にそったような机で書いてるのよね。（笑）撮影する時に、片付けて写すんだろうけど、そういうふうになってるから、税務署の人は思い込むのよ。だから、あれはね、特別に撮影のためにやってるんで普段は、そんな生活してないんだっていくら言ったって、聞きゃしないのね。（笑）

**美恵子**　そういうもので充満してると思うのね。

**百合子**　そうなの。あの人達は、作家がそういう場所に居て、そこはかとなく漂うイメージで物を書くんだと信じちゃってるのね。だから、必要経費というものをおとすというのは無理はないし、作家というものはそういうもんなんでしょうなあって、言うのよ。それがけしからんというんじゃなくて、いいなあ、いい感じだなあ、そういうところからじゃないと、いい小説は生まれないんだなあって思うわけでしょうね。

**美恵子**　だけど、武田泰淳のところに、日本刀があるだろうって考えることは、小説を読んだことのある人間には異常に思えるわね。

**百合子**　しかし、本を出すことの有難さっていうのを、その時、ちょっと感じたのね。税務署の人が『富士日記』を読みましたなんて言ってね、あれを読むと、あんまり贅沢な暮しをなさってないようだっていうのね。(笑)そう言ったわよ。いいんだか、悪いんだかわからないわねえ。

**美恵子**　だって、あれは富士でのことだものねえ。お店もないわけだし。そうねえ、『富士日記』が出たころ、これじゃ、だいぶたまったでしょうって言われたって、おっしゃってたわねえ。(笑)

**百合子**　そうそう、言われたわねえ。あの本を出した時、そんなことばっかりみんなが言うんで、いやになっちゃった、あたし。(笑)

**美恵子**　『富士日記』って『海』に載ったんだけど、あれを書き始めたキッカケって何なの？

**百合子**　あたしは、全然日記なんかはつけない人間だったけど、武田から、山に来れば書けるだろうって言われたのよね。私は山も都会も同じなんだけど、武田は都会育ちだから、山へ来るととても初々しいわけ。あたしは、全然、初々しくないのね、疎開なんかしてるから。それで、都会の生活は忙しいから無理だろうけど、山に来てる間だけでも日記をつけてみたらどうか、というより、つけてみるか、と武田から言われたの。面倒くさくてねえ。日記というのは、だいたい三日で終るものだし、ウソ八百だからねえ。だめだ、つけたくないって言ったら、何でもいい、献立でも、その時面白いと思ったことだけ書けばいいし、反省は必要ないって言われたのよ。その時は、何ていうのかなあ、それは武田があとでね、小説家だからこの時、どういう天気だったとか、その時、どんな人が来たかぐらい、寒い暑いぐらいがわかればいいのかっていうふうにちょっと思ったけど。

**美恵子**　メモみたいにね。

**百合子**　そうそう。記録でつけてったわけだから。何ていうかなあ、そういうもんね。面白かったら、どうってことなく一杯つけてもいいわけでしょ。あたしは面白いと思った時に、ダラダラとつけちゃっただけのことだから。だから続いたんだと思うなあ。日記なんて、ウソですよねえ。

**久美子**　それは重要なことよ。日記なんかウソですよねえ、なんていうのは全ての文学者に言ってもいいんじゃないかしら。声を大にして言ってもいいんじゃない。で、その話を聞いた時に武田泰淳のためにちょっと涙ぐんじゃったわね。だから『富士日記』をホントのことだと言って読むような人達というのはとてもいやだな。事実だから小説ばなれした今の時代に受けるんだって人もいるわけだし。武田泰淳は作品を生きたと思うのね。『富士日記』を読んで、武田泰淳の小説を読むというのは感動的だけど別のものよね。

**百合子** だけどねえ、武田はきっと、あたしが『富士日記』を発表したから、向うでカンカンになっておこってると思う。（笑）あの世なんてない方がいいと思ってますね。

**美恵子** でも、何をやっても許す人だと思うな、武田さんは。

**百合子** 家計簿みたいなものを臆面もなく出していうことじゃないかと思うよ。さっきの美恵子さんのどうして日記をつけたのかという問いに、もう少し詳しく答えると、武田が『富士』を書く前のことだけど、編集者が来て、せっぱつまっちゃってたわけよね。書くってったって書けないもんね、そう簡単には。（笑）何だかしらないけど書けないもんだから、実は、この辺のこの方面のことを書こうと努力してますぐらいなことは言いますよね。言わなきゃ、編集者に悪いもん。女房にメモをつけさせているぐらい言ったんじゃないかと思うのね。そのメモを素材に書きますぐらいなことは言ったかもしれない、あとのことはどうかしらないけど。それで、お通夜の時に、中央公論の人から、そういう文章があるそうだけど、追悼ということでそれを発表させてもらえないかと言われたのよ。武田は面会謝絶っていう形で死なせたでしょう。誰にも会わせないで、臨終も花子たちで看とるという、今で言えば原始的な事考えてたからね。（笑）あたりの人に突発的に急逝したって思われるような形で死んじゃって申訳ないって感じがあった。それじゃ死ぬ時の夏ぐらいからの日記があるからそれを出せば、急逝したような印象を与えたけど、本当はこんなだったんですよって言える気がした。供養のつもりでおそるおそる出したわけね。毎月、ホントにおそるおそるだったわね。（笑）

**美恵子**　『目まいのする散歩』なんていうのは百合子さんが口述筆記で書いてたわけでしょう。そういうことなんかで、何て言うのかな、武田さんの方は自分の死期が近いなんてことを知ってて、文章を書かせるということで一種の教育をしたみたいな意見というのも聞いたことがあるね。

**百合子**　あるのあるの。ありますねえ。

**久美子**　『富士日記』にはこまごまとした献立が書いてあったりして、あれはすごく面白いんだけど、わたしが一番ショックだったのは、ああいうところにいたからかもしれないけど、朝からトンカツ食べるっていうことね。

**百合子**　ウチは、東京にいてもそうなの。（笑）

**久美子**　つまり、わたしがびっくりし、かつ共感したのは、朝だから軽いもの食べるというのじゃなくて、トンカツ食べるというセンスが良かったのね。朝からライスカレーとかギョーザとかトンカツを食べるというのに、一番共感しました。（笑）百合子さんがすごいのは、生活感覚のすばらしさなのよ。

『富士日記』とか『犬が星見た――ロシア旅行』なんか読むとわかるのは、人間には過去とか現在とか未来とかがあるわけだけど、それが出て来ないのね。その場その場の対応の仕方がすごく魅力的だと思うの。いいなあって思う。

**百合子**　そう言われると、やっぱり嬉しいわねえ。（笑）

**久美子**　『文芸展望』に堀田善衛がスペインまで船でいく話があったでしょう。それは面白いことは面白かったんだけど……。

**美恵子**　あれに比べると百合子さんの『犬が星見た』の方がずっと面白かったわね。

**久美子**　そうなのよ。

**百合子**　そうかなあ？

**久美子**　堀田善衛というのは結局はインテリだからね。

**美恵子**　面白いことを書くんだけれど、丁度同じ時期に、両方を読むと、やっぱり『犬が星見た』の方が面白かったわね。インテリがまるで駄目ってわけじゃあないんだけどね。（笑）

**百合子**　あたしは、あんまりいろんなものを読まないんだけど、時々、自分のものがおもいがけなく活字になったりすると、ここで納豆売ってるけど隣の納豆がどうなってるのか、自分では買わないけど、ウチに送って来る本を見たくなるのね。そうすると、なんとか紀行なんてのがあって、他の国ならいいんだけど、ロシア紀行なんていうのがあったりする。そういうの読むと、あたしのはサギじゃないかと思えてくるわね。むこうは納豆の中にいろんなバクテリアがこもってるのね。美術にしろ、何にしろ、ちょいと私は出したんですよっていう感じで余裕というのか、大きな三角形のさきっぽをチョコっと出しているっていう感じで書いてあるわけね。あたしのはね、便所に行ったァ、喰ったァ、寝たァって、バーッと出しただけでね、犬がワンワンってほえた感じだからねえ。（笑）

**美恵子**　一般的に言うと、紀行文なんて書くのは知識人だからね。ロシアとか中国とかヨーロッパとか行くわけだけど、そういうところしか見えないわけよ。読む前から何が書いてあるのかわかっちゃう。読む必要がだからあまりないのよ。ところが百合子さんのは、何が書いてあるのか読まなきゃわかんない。それが面白いのね。

**百合子**　そうかねえ。

**久美子**　だからね、ちょっと恥しいけど言うとさ、ブリ・コラージュみたいなもんでしょう。レヴィ＝ストロースの器用仕事というのは、文化人類学者の姿勢、あるいは方法としてああいうことをやったんだけど、百合子さんの紀行文というのは、自分が生きているという感覚そのものが、ブリ・コラージュだという面白さがあるのよ。

**美恵子**　大江健三郎が文芸時評で『犬が星見た』をほめたわけだけど、あれなんかガルシア＝マルケスの小説に出て来る女性的なものと同質の圧倒を感じたということなんだろうなあ。

**久美子**　それはインテリとして生きる人間っていうのはさ、そういう瞬間瞬間に生きる感覚というのを抹殺して来たんじゃない。もちろん、エッセイは別にして、大江健三郎の小説はそれだけではかたづけられないけど。だから武田泰淳のすごさというのは瞬間瞬間に驚くことの感覚を忘れなかった作家であるということなのよね。

**美恵子**　深沢七郎もそういう人よ。

**久美子**　そうね。だから武田泰淳が、百合子さんと深沢さんを見た時、どれだけ驚異に思ったかと思うわね。

**百合子**　あたしだって、チョット反省したりもしてるわけよ。（笑）だけど眼前のことの方が強烈だもんねえ。（笑）そうなっちゃうってわけなんだけど、犬みたいねえ。（笑）食べたり飲んだり寝たりってばかりで、まるで犬猫ねえ。

**久美子**　犬猫じゃなくて、昆虫よ。（笑）

**百合子**　あ、昆虫と思う。あたしね、時々そう思うことがあるのね。だけど、そういうことを言うととても大げさな感じがして言わないけど、あたしって、あの、ベンジョムシみたいなんじゃないかしらって思うことあるよ。（笑）久美子さんが、ウチにいる時はパジャマでいるって言ってたでしょう。あれ聞いてっからよ。あの前はパジャマじゃなかった。金井姉妹がやってるんだったら、ウチの親子もやっていいだろって思っちゃったのよ。柔かくって、いいのよねえ。（笑）ゴムがゆるいのもかまわず着てるのね。楽なのよね、本当に。老化もしてるしねえ。あなたたちは若いからわかんないかもしれないけどね、老化というのがありましてね。（笑）この老化というのはすごいのね。半年ぐらい前だけど、朝起きたら、体がこわばってるのよ。両手の指がまがったままになってカチカチになってるのね。目がさめて、アレッと思って、指をのばすんだけど、のばすとそれで平気になって普通の人になるのよね。それはね、関節の老化とか言って、みんなあるんだって、バアサンになると。そういうふうになった時、あたしはね、びっくりしちゃったね。まるで昆虫の足みたいなの。（笑）ベンジョムシというのが、便所にいるのよ、知ってる？　昔の便所にはいたのよ。その虫をしゃがんで見ていると、虫だけが感じる恐怖みたいなのがあるらしくてサアッと一杯集まって、コロコロにまるまっちゃうのよね。それから、またパアッと元に戻ったりするのよ。それを思い出したら、こりゃあ、あたしもベンジョムシになっちゃった方がいいなんて思ってね。（笑）

テレビなんかで見ると、未亡人なんぞというものは、スーッとベッドから起きてさ……。

**久美子**　悩ましげで、たおやかでという、あれね。

**百合子**　あるでしょう、ね。ネグリジェきたりして。そういうふうなのも、ちょっとやったことがあるね。（笑）

**美恵子**　でもさ、口をはさむわけじゃないけど、未亡人になって、まだ二年でしょう。少しっかやらないのね。（笑）

**百合子**　やっていようと思ったけど、なにしろ、手がそんなんじゃねえ。（笑）茶色いような手を、のばしたり握ったり、朝起きた時やってるんでしょう。それでこの差を縮めなきゃとハタと気づいたのね。それからは、

**久美子**　たおやかに起きるのなんてやめて、ベッドからかけ布団を体にまきつけたままゴロゴロと床にダーンと落ちることをはじめたわけ。それから、ノソノソと出て来るのね。それから水飲んだりする。（笑）わたしも、起きる時、ジャングルをかきわけるように起きるって言われるわ。この間、幸田文の『流れる』って小説読んだんだけど芸者っていうのは、常に隣りに人がいるということを想定して起きるんだって。

**美恵子**　『流れる』の芸者のおかみさんは五〇歳ぐらいだったわよね。

**久美子**　そうなの。それにくらべてわたしは、美恵子が言うには毛布のジャングルをかきわけかきわけ起きるっていうのね。たおやかに起きようとか、隣の相手を想定して起きるなんて考えたことないものね。なるべく楽に起きることばかり考えているわけよ。

**美恵子**　楽に起きたいなんてことはないと思うな。だって、起きるのがイヤでしょうがないんだから。

久美子　そう、ずっと寝てたいわね。だからいつまでもパジャマでいたいのよ。

美恵子　自分より年上の方を前にしてわたしたちが年をとったなんていうのは妙だけど、自分で年をとったなあって思うことがあるのね。

百合子　何なのそれ。聞きたい。

美恵子　朝、起きると口をあけてヨダレ流してるわけ。(笑)疲れてるっていうんじゃなくてね。ああ、年をとったなあって、そういう時思うな。まだ、三十一歳なんだけどね、わたし。こうなると恋愛は不可能って気がするね。(笑)

百合子　大丈夫、そのぐらいなら大丈夫。そんなことは誰も知ってません。(笑)

美恵子　まあ、先に起きればいいわけだけどね。(笑)でも、そんな気力がないのよね、もっと寝てたいと思うから。(笑)先に起きるという気力がなきゃ恋愛は出来ないわねえ。(笑)

百合子　何言ってんのよ。あたしぐらいの年になると、寝起きじゃないわよ、寝入りばなに口あけたって気がするわよ。（笑）それでね、最近は、なかなか寝つけないんだけど、寝てるかなあ、起きてるかなあ、なんて時に、突然、ガーッっていう大きな音で目が醒めるのね。寝入りばなから、口あけてイビキかいてんの。イヤになっちゃうわねえ。（笑）あたしは、女は退職よね、お局にもなれない。大奥お局って、三十歳でなんのよ。美恵子さんなんて、大奥なんとかの局ってとこよ。

**美恵子**　おしとね御辞退よ。（笑）

---

## あとがき

『富士日記』や『犬が星見た』を読んでもわかるように、百合子さんはとても魅力的な女性だが、実際にお会いして、お酒を飲みながら話をすると、あの二つの日記の生命力の持ついきいきとした可愛らしさが、ますます良くわかる。可愛らしいと同時に百合子さんは暴力的なまでに知的だ。

会って話をするたびに、わたしはアシ毛で額に白い星のある美しい野性の牝馬を連想する。こういう馬はめったに乗りこなせるものではなく、なまなかなインテリは、この馬がちょっといなないただけで、恐怖に青ざめ怖れをなす。武田泰淳であってこそ、はじめて乗りこなしたといいたいところだが、この野性の牝馬にして陽気なる未亡人《メリイ・ウイドウ》の優しさは、この会話を読めばおわかりのとおり、回転木馬《メリイ・ゴーラウンド》のように優しくなめらかな魅力ともなる。大岡昇平さんの言葉をかりて簡潔に言えば、「武田の女房は頭が良くて美人」ということに、やはりつきる。

（美恵子）

（『話の特集』一九七九年三月号）

# 女と男のまな板ショー

深沢七郎（作家）
×
武田百合子

＊文中の——部分の発言は、『日本読書新聞』編集部によるものです。

## 谷崎賞は御仏の慈悲

**深沢**　ここ〔深沢七郎が経営していた団子店〕は昔の大名行列をやっていた旧日光街道とは別に新しくできた産業道路ですが、ラブミー農場へ引越すとき、ここと農場とどっちに移ろうか、なんて考えていたんだけど。ここのことを忘れかけた頃に、まえの道路がひろくなってさかんにこの土地を売ってくれというひとがでてきたんで、それじゃ、またここで本屋でもやろうかなと考えたんだけど。今川焼き屋のつづきでしょ、今度はお団子が喰いたくなったね。（笑）だって俺が喰いたいのはみんなが喰いたいんだよ。昔風のお団子が喰いたいなアー、と思ったら他のひとだってそう思ってるよ。このお団子の製法を知るには、うんと年寄りのひとにいろいろ聞いたね。でも、うちの団子大きいでしょ。

**武田** 東京で売っているものの二倍はあるわね。

**深沢** これで一本六十円だからね。（笑）武田先生は俺の『楢山節考』の審査委員だったからね。あの作品をほんとうに理解してくれた武田泰淳というひとが僧籍にあったひとだったというのが面白いんだな。ミュージック・ホールでもって出版記念会をやったとき先生が、この〝裸〟の世界には仏教的なものがある、といったときは、ミュージック・ホールの連中は驚いたもんだったね。

**武田** 武田はね、あのミュージック・ホールが好きだったわ。ミュージック・ホールがなかったときの、「フランス座」の「額縁ショー」というの、終戦当時からよく見てたわ。

**深沢** だって奇麗だもの。本当にいい女のよさがでてるからね、ヌードってのは。武田先生はそれに、マリリン・モンローがお好きだったでしょ。モンローは手が奇麗だったでしょ。あのなんにもしない手の肉体のうつくしさね。それはやっぱり仏教的なものなんだね。生れたときも裸だし、死ぬときも裸。

――このたびは谷崎賞を受賞されたわけですが、反響はいかがですか。

**深沢**　ありがとうございます。この前の川端〔康成〕賞のときはことわって、今度はもらったんでいろいろ言われるけどね。俺はなんとなく、理由はわからないけど谷崎潤一郎には縁があるんだね。まえのときはすぐにこだわりがでてきたけど、今度は報せがはいってきたときに、〝ああ、もらいたい〟と思ったんだよ。

――川端賞辞退のときの理由が〝殺生の罪〟を犯すがゆえ、ですね。今度お引き受けになった理由は？

**深沢**　今度は〝御仏の慈悲〟だね。俺にはなんか、ものすごくヤクザの仁義みたいなのがあって、授賞式のときに踊ったアレは、〝御仏の慈悲〟への罪ほろぼしのヤクザ踊りだったんだね。

『すばる』の対談で井上光晴さんと話したんだけれど、井上さんは、ずっと前のなんとかっていう文芸評論家、ああ、平野謙の恩賜賞の受賞のいきさつについて話されて、今度の俺の受賞についても、よくわからない、おかしいよ、なんて言ってましたが。

## 『みちのくの人形たち』

――『みちのくの人形たち』の武田さんの御感想をお聞かせください。

**武田**　わたし、あれ読んでショックというか、なにか頭の上のほうから冷たい水をドーッと流されたようないい気持になったのね。

**深沢**　それはね、あの小説よんでいい気持になるって女のひとはなにか自分の身に覚えがあるからだよ。

**武田**　身に覚えがあるって、なーに。（笑）

**深沢**　武田さんにもそういう経験がおありかなーって。（笑）だから一種の罪の意識じゃないかと思うね。ずいぶんあれ読んだ女のひとから手紙がきて、なかには七十七歳の四国のおばあさんからあの小説に書かれたことを昔みんな知っていました、なんてのもあったよ。

武田　ときどき、原因不明に体の具合が悪かったり、痛かったり、へんなところで転んで怪我したりすると、これは、アレのツケがまわってきたかな？　なんてふと思ったりする。（笑）

深沢　それ、しょっちゅうなの。

武田　しょっちゅうなんかじゃないわよ。（笑）わたしは子供はひとりしか育てませんでしたけど。

深沢　〝育てません〟というのはいい言い方だね。（笑）ほんとはそれが正しいんだよ。正しい言い方だと、それは新語になる。（笑）

武田　産婆さんて本当にすごい仕事だと思ったことがあるの。子供を生んでまもなくの頃、江ノ島のお産婆さんの家の二階に間借りして暮らしていたことがあった。ときどき、顔の青黄色い、いかにも元気のなさそうな小さな男の人が、ブリキ箱を荷台にのせた自転車をスルスルとひいて、玄関からでなく、軒下づたいに裏口から、ヒソヒソと入ってくるの。産婆さんが留守のときは、二階で原稿書いてる武田が、どちら様ですか、と、お産の受付もするの。そのひとは胞衣《えな》屋さんて呼ばれてたわ。お産したあとに出てきたものと流れた子供の両方を買って、ブリキ箱にためて、それを小さな製薬会社とか、漢方薬のお店なんかに売る人でしょうね。武田と一緒になった頃、勉強して免状とって、人のためになる産婆出来るようになれ、といわれたの。その頃は独学でも試験に合格すればなれたの。ブドー児など出てくると怖いし、わたしは気がしっかりしてないから向かない、とても出来ないって断わったら、向かないなどと甘ったれたことをいうなって、うんと叱られたけど、それでも、泣かんばかりに断わって、とうとうお産婆さんの勉強しなかった。

**深沢**　アレは栄養があるからね。羊や馬は栄養補給に喰っちゃう。昔はね、産婆さんの仕事のひとつにうちでお産をしたときにやってきて、出てきた胞衣を方角を見て埋めることがあった。だから、たとえばなにかその家に悪いことがおこったらそれは埋めた方角が悪かったというんで、もうどうしようもないから易いをしてもらってたね。それに、今度の子どもは処理してくれ、なんて産婆さんにたのむくせに、いざとなったらあとから産婆さんを恨むのね。そして、あの産婆さんの縁の下から女の赤ん坊の泣き声がするとか、いろいろ風評を立てたりしてるのよ。自分の罪を産婆さんに着せちゃうんだね。

**伊藤素子と榎本三恵子**

一九八一（昭和五十六）年三月二十五日、大阪府茨木市の三和銀行（現・三菱ＵＦＪ銀行）茨木支店に勤務していた女性行員が同支店のコンピュータ端末からオンラインで架空名義の口座へ計一億八千万円の入金を行った。その後、女性行員は金を引き出し飛行機で東京へ向かい、さらに現金を引き出し計一億三千万円を詐取した。女性行員はその全額を都内で恋人に渡し、そのまま羽田空港からマニラへ逃亡、しかし恋人は海外へは行かず、その金を使い日本で家族と豪遊していた。

女性行員はマニラで身柄を拘束され、逮捕されたが、拘束中にマスコミのインタビューに応じ、「好きな人のためにやりました」と答え、事件とともに大きな話題となった。

――『朝日ジャーナル』に伊藤素子論が載った号はすごく売れたようですね。

**深沢**　そうなんですか。俺はね、伊藤素子が飛行機で日本に帰ってきたときの情報を見たり聞いたりしてね、こりゃ日本全体が狂ってんじゃないかと思ったわけよ。なぜかというと、まるであの女が可哀そうだ、可哀そうだ――男にだまされて帰ってきて――、というふうなことでしょ。なにを馬鹿なことをいってやがる、いちばん悪いのはあの伊藤素子という女だと俺は思っているからね。

**武田**　そうかなあ？　そうですかあ？

**深沢**　そうですよ。銭をつかって男を引っぱってやろうとしたんだからね。妻子がいる男をだよ。

それに比べて、男のほうは偉かったね。女がマニラでまっているのに行かなかった。男のほうがしっかりしていたと思うね。

**武田**　伊藤素子さんが、大金を奪って外国に消えちゃった、とはじめ聞いたとき、男をいく人か手足の如く使ってやったのだろう、当分、姿は現さないだろう、と想像してた。でも、マニラですぐ見つかって、本人がいうところによれば、英語もわからなくて毎日毎日、おっかなくてビクビクビクビクしていた、というので、ナサケないなあ、と何だかがっかりした。お金ももっと沢山、ほとんど全部持っていったと思っていたのに、五百万円だかでしょ。

近ごろの日本の女の人は、外国に出て行ったら、男よりうまく暮らすでしょう。民族学とか人類学とかは、女の進出スゴいというでしょ。先住民の集落に調べに行くときなんか、女の方がいいみたいでしょ。それなのに、伊藤さんは、すぐ出てきちゃったのね。出てきたときの態度が、明るくて潔い、という評判が高かったけど、テレビにうつっているのを見たかぎりでは、わたしには、陰気型の美人に見えた。潔いんじゃなくて、鈍感に見えた。

**深沢** 男というのは、金にこまると何でもやっちゃうよ。男は金だけとって行かなかったというのは、あざやかだと思うね。妻子への操をまっとうしたんだよ。

**武田** でもあとから奥さんから離婚されてるじゃない。

**深沢** 俺はそういうのは信用しないな。出獄したらまたいっしょになると思うよ。ひとつの偽装だと思うな。

**武田** そうお。奥さんもいっしょになってお金をつかっちゃったんだから、そうなるかな。でも、知らなかったら、ハワイかなんかへ喜んで遊びに行ってたんで、こういう事情の金だと判ったら、奥さんは寝覚めがわるい気持がすると思う。こんな人もうイヤじゃーと離婚したんだと思う。伊藤さんっていうひとは、まったく男のいいなり。銀行の機械いじるのは、そこにつとめてる伊藤さんでなくちゃ出来ないから、機械はいじったけど、あとは、あちこち行くのも、マニラに行くのも、隠れてるのも、いいなり。

**深沢**　男を引っぱるためには、いいなりになってやらないと男は付いてこないからだよ。いいなりになるというのが、女が腹になにかもってる証拠だよ。

**武田**　はい。

一九八一（昭和五十六）年十月二十八日、全日空旅客機導入に絡むロッキード事件丸紅ルートの公判で、元首相秘書、榎本敏夫被告の前夫人・榎本三恵子氏が、丸紅からの五億円受領を榎本被告が認めていたことを証言、これにより元首相・田中角栄被告は決定的に不利な立場に追い込まれた。証言者の三恵子氏は記者会見で「真実を述べるのは私の国民としての義務、ハチは一度刺したら命を失うと申しますが、人を刺すという行為で私も失うものが大きいと思います」と語った。

――榎本三恵子さんの場合はどうですか？

**深沢**　榎本さんの場合は、〝社会悪を正す〟ということで出てきたのは立派だと思ったね。ただ、彼女が〝水商売〟だというのが引っかかったね。というのも、離婚してから堅気の奥さんだったらもう少し彼女のやっていることに真実味がでてきたと思う。ただ、子供は旦那にあずけてるから、こういう証言をしたら、このあともう一生子供に会えないだろうといってたでしょう。あそこにはなんとも強いものがあるね。これは俺のかんぐりだけれども、前の旦那に恨みでもあって、その恨みをこれではらしてやろうということもあるね。

**武田**　榎本さんのことが、新聞やテレビに盛んに出てるころ、わたしは日本にいなくて、帰ってきた頃には、もう新聞にもあまり出ていなかったから、あらましを娘から聞いたり、床屋で一寸古い週刊誌見ただけで。やっぱり、朝や夕方、郵便受けからとった新聞をぱっと開くと、こんな活字があったのかとビックリするように大きな活字で、それがギザギザで囲まれていたりして、大戦争が始まったような見出しで、ドドーンとのってる。するとスゴーい事件‼と思っちゃったりするけれど、遅ればせに聞かされると、それほどに思わない。榎本さんの使った言葉の中に〝社会悪を裁く〟という言葉があるそうだけど、〝社会悪を裁く〟という言葉を榎本さんが持ちだしたのは、証言に立つまえに、こういう場所では、こういうふうに言った方がうまくいきますなんて吹きこまれたりしたのかもしれない。そうして、そんな気がしてきたのかもしれない。わたしは〝かたき討ち〟だと思っているの。

**深沢**　旦那ともっといい別れ方をしてたら、証言にも立たなかったし、〝社会悪〟なんて言葉を使わなかったと思うね。

## すぐに〝女性問題〟

――深沢さんの見方というのは、いま現在の世間の見方と違っていますね。伊藤素子評がだんだんよくなってきて、榎本さんのほうの評価は下降ぎみになってきています。

**深沢**　ホーッ、そうなの？

**武田**　男にだまされた、可哀そうな女、ということかしら。

**深沢**　そういうのこそ、日本のどこか狂ってるときだと思うんだよ。男が来なかったから可哀そうだなんて。（笑）

**武田**　伊藤素子さんのような事件が起きると、すぐに〝女性問題〟になって、すぐに女性が解放された、解放されないって騒ぐ。わたし、あれ、全然わかんないわ。

**深沢**　だいたい女のほうが〝解放〟され過ぎてんだよ。その〝解放〟ということで言うと、伊藤素子なんかより、高橋お伝や阿部定のほうが、男に対する愛情という点じゃ、数段いいと思うよ。男にだまされたから可哀そうで、伊藤素子に同情があつまるというのが、そもそもおかしいんだよ。

**武田**　可哀そうだなんていってないってば。いいなりになってた陰気な女の人に思うっていってるの。

**深沢**　いいなりになるのは、さきにもいったけれど腹になにかもってるってことよ。男のほうは結局、女のところにいかなくて、妻子のところにもどってきてるよ。でも、銀行の銭を使いこむのは、女のほうが多いなあー。

**武田**　男は銀行ギャングで、外からやるんだから。（笑）

**深沢**　俺も最初は裏に銀行の上役の男かなんかが付いていると思ったけれど。結局は女の指一本だろ。どうも女のほうがいざとなると太っ腹だと思うね。女のほうが悪いんだよ。男がデカイことやっても、なんとなく薄気味悪いだけだけれども、昔の大坂城だって淀君という女が滅ぼしたようなものだよ。

**武田**　あの南という男は一種の結婚サギでしょ。だいたい結婚サギというのは、男がやって女はやらないものね。あれ？　でも今年（一九八一年）は、五十歳ぐらいの女の人が結婚サギをやりましたね。この人は、伊藤素子さんの場合とちがって、自分ひとりで考え、総入歯になって、せっせと実行しました。だから、伊藤さんより、わたしは好感が持てる。ただ、車椅子に乗った人までダマしたのは、やり過ぎで、ひどいと思うけれど。（笑）深沢さんの、この『朝日ジャーナル』読むと〝女がドジ、男は見事だ〟といってるけど、たしかに、女がドジだけれど、そうかといって、この男が見事だなんて思えない。女があんまりドジだから、男が見事に思えたんでしょ。

## サドッ気・マゾッ気

**深沢**　〝ドジ〟じゃなくて、〝悪〟だよ。（笑）女のほうが〝悪〟ということに関係があるんだけれど――。このまえ、ある大出版社の女編集者がここに来てね。またその女が失礼な女でね、こちらに電話もかけないでいきなりやって来て、ごめんくださいもなにもいわずにスーッとはいって来るんだよ。まるで空巣だよ。そのときは、この野郎、と思ったけれど我慢して、そのときはさんざんお世辞をつかって、あとからこのインタビューをことわってやろうと思って、事情を編集長に話して丁重にことわったよ。四時間もねばった揚句、帰るときは帰るときで、〝車、呼んで下さい！〟ってまるで命令口調なのよ。つまり、多分ああいう態度がよそでもまかりとおっているんだね。その女は三十四、五歳ぐらいだったけど、ちゃんとした会社に何年もつとめていて、あれじゃね。女が〝悪〟で、いかに図々しいかというひとつの例だよ。

**武田**　そうか！　ほんとうは〝女性問題〟てのは、そういうところからやっていかなけりゃいけないのね。榎本さんや伊藤さんのはなしからじゃなくて。

わたしはね、元気のあり余ってる主婦がきらいね。自分の家の用しちゃって、元気があり余ってるから、カルチャーセンターへ行って、まだあり余ってるから、よその家へ訪ねて行って、自分の身の上話したり、よその家の研究もしようとする。自分の家の研究のほかにね。そういう人って、たいてい、三、四人かたまっていて、一人で勝手に何かするという風じゃないでしょ。食堂や映画や展覧会に行くにもかたまって行く。いやだねえ、でも、わたし、いやだ、いやだ、と思ってるくせに、会ってるとき、お世辞なんかいったりしている。（笑）

**深沢**　それもサドッ気とマゾッ気のどちらかだな。（笑）

## 〝女流かたき討ち〟

**武田**　榎本さんという女の人は、わたしにはお付きあいしてお友だちになりたいと思うようなタイプじゃないけれど、世間で悪くいわれるほどには悪いと思わない。だけど、その〝女流かたき討ち〟というのは、なにか剣道の試合をやっているところに柔道でのりこんできたような感じですね。わたしもそうだけど、女は、なんといったらいいか、けんかするときは、ボクシングの試合に鎖鎌でもってかかっていくところがあると思うわ。（笑）榎本さんが、自分ひとりで、じーっと考えて、ひょっとすると大分損かもしれないのに、鎖鎌持ってやってくるところは、凄まじい感じがする。

**深沢**　そういえば彼女、今度芸能界にはいるっていうじゃない。

**武田**　はあ、そうですか。みんな芸能界にはいっちゃうのね。芸能界に入るって話きくと、もう宝塚スターみたいな大美人だものね。そうか。あの人、何にも言うことなくて黙っちゃう。黙っちゃうっていえば、これはちょっと別のことだけど、このあいだ週刊誌で三人の女の人が榎本さんと伊藤さんの評価座談会をやってましたね（『週刊朝日』十二月四日号）。その中でたとえ話としてあの人が店やったらはやるとか、この人の店の方がはやるだろう、とか話してたけど、軽いたとえ話としてでも、女が女のことをああいう風に話すのをきくと、黙っちゃう。店で働いていたことがあるからかなあ。

深沢さんが、お定さんの名前を出したんで、思い出したけど、渋谷のガード下のコンクリートのところに〝まな板ショー〟っていうの？〝金髪女性モミクチャナントカショー〟（笑）なんてビラが、よく貼ってあるでしょう。五、六年前頃かな。もっと前かな。そういうビラの隅の方に〝阿部定特別実演ショー〟とか〝再現ショー〟とか、おまけの番組として、小さく出ているの。雨がザーザー降ってる日に傘さして、濡れたビラ眺めてたら、もう、とっくに刑が終って、何年も経って、七十ぐらいの年になってるんだろうに、またもう一度再現実演して、人に見せて暮らすのは、大へんだろうなあ。可哀そうだなあ、と淋しい気持がした。

**深沢** 俺はそうは思わないね。他の仕事より金がよくて、本人が楽しけりゃ

## 落語刑事サダキチ
### 埋蔵金伝説と猫の恩返し
愛川 晶

書き下ろし

猫が小判を掘り出した!? 落語を愛する刑事・平林定吉と新人刑事・三崎優子。そして隠れた名探偵・林家正蔵師匠が街の事件を解決。シリーズ三作目。

●1078円

## 今も未来も変わらない
長嶋 有

受験生の娘と二人、至って普通の日々を送る星子。そこに芽生えた新たな恋。更に思わぬ出来事が次々と！ たくさん笑って、涙も少し。「大人が楽しむ」物語。

●1012円

## ヴィジュアル版 沖縄文化論
### 忘れられた日本
岡本太郎

一九五九年と六六年、二度の沖縄滞在による日本再発見の記録。著者撮影の写真七六点を収録。毎日出版文化賞受賞作。〈解説〉岡本敏子／外間守善／赤坂憲雄

●1320円

## 現代語訳 豆腐百珍

何《か》必《ひつ》醇《じゅん》　福田 浩 訳

天明期の料理本の第一級史料「豆腐百珍」「豆腐百珍続編」「豆腐百珍余録」の現代語訳。豊富なメニューと故事来歴・逸話を紹介。〈解説〉松井今朝子

●990円

## 消え失せた密画

エーリヒ・ケストナー

小松太郎 訳

没後50年

肉屋の親方キュルツはふとしたことから盗賊団に狙われる密画を輸送することに。登場人物すべてがどこか憎めない、痛快ユーモアミステリー。〈解説〉深緑野分

●990円

## 原子力は誰のものか

ロバート・オッペンハイマー

美作太郎／矢島敬二 訳

「原爆の父」は戦後、水爆開発に反対して公職を追放された。科学者の信念と国家の戦略が対立するとき天才物理学者は何を思ったのか。〈解説〉松下竜一・池内了

●1100円

**武田**　（笑）俺だったら、やるね。（笑）本人が楽しけりゃ、いいけど。それでも、そういうことを楽しがってやってるお定さんは、きっと淋しい人だろうなあ、と、やっぱり、勝手に可哀そうに思っちゃう。

**深沢**　だって、武田さんが、武田先生の亡くなったあとで〝まな板ショー〟にでてたら、俺見に行くよ。（笑）

**武田**　わたし〝まな板ショー〟うまくやれるかなあ。そういえば、いまやってるようなことも〝まな板ショー〟みたいなものかしら。

（『日本読書新聞』一九八一年十二月二十一日号）

# 『好色五人女』のおもしろさ

吉行淳之介（作家）
×
武田百合子

## 生きるか死ぬか

**武田**　御無沙汰しております。

**吉行**　久しぶりです。百合子さんとは、もう何十年も前から……、何十年というと具合悪いけど。で、まともに話すの初めてなのね。

**武田**　そうなの。

**吉行**　パーティの流れで、バーなどで同席することはあるけど、そのときは本当にもう雑談だからね。

**武田**　こんなふうに向き合ってなんて。

**吉行**　初めてだから。

**武田**　イヤでねえ、だから。

**吉行**　あなた肝臓が悪いって、飲めないの？

武田　飲むわよ。このライトビール飲んでから、ほんもののお酒飲む。

吉行　ぼくが酒飲むと、この人、虫起こすからなあ。ぼくもしばらくビール飲むよ。

武田　虫って……。（笑）

吉行　虫起こすのが悲劇の始まりと、『五人女』がそうだものね。

武田　きょうは虫のお話ね。（笑）

吉行　大体、酒っていうのはね、適度っていうのは不可能だね。

武田　そんなことって、あったことないわ、適度なんて。

吉行　飲むか飲まないかだよね。

武田　そうそう。

吉行　『五人女』のあり方によく似ている。「もう、こうなった以上は」っていう……。

武田　そうそう、みんなそうね。

吉行　あの頃は恐しいんだよね。幕府の法律があるから、生きるか死ぬかにな

っちゃうわけね。ちょうど、きょうの百合子さんみたいなものだ。さあ、どっちになるか、アルコールに対して。（笑）

**武田**　吉行さんの顔見た以上は、ドロンドロンに酔っ払う。（笑）夢のようよ、吉行さんとこんなふうにお料理屋さんにいるなんてね。生き長らえたっていう感じ。（笑）

**吉行**　本当にその通りだね。ぼくはずっと、あなたはぼくより五つくらい下だと思っていたの。だけど、若いね。

**武田**　一つ違いよ、吉行さんと。

**吉行**　だから、びっくりしたの、それで。

**武田**　吉行さん、子《ね》年でしょう。わたし丑《うし》年なの。武田〔泰淳〕も子年。

**吉行**　一まわり上のね。

**武田**　よく武田がいってた、子年の男と丑年の女は合うんだって。

**吉行**　今頃いわれてもな。（笑）でもねえ、『世代』って同人雑誌で悪い酒飲んでいた頃から、今、こういう状態って、本当に嘘みたいだね。

武田　吉行さん学生服着ててね。

吉行　あの頃、学生服しかなかったんだよ。ほかにないんだもの、物資が。あの頃はみんな学生服着てたよね。

武田　でも、ほかの人の学生服姿は、憶えてない。いいだ〔もも〕さんだって憶えてないし、遠藤〔麟一朗〕さんはもう背広着てたわね。

吉行　遠藤は背広着てたね。

武田　吉行さんのは鮮やかでしたよ。初めて会ったときに、学生服を着てたの。何てきれいな人だろうと思った。

吉行　それは学生服の問題じゃない。（笑）

## 一・一人の男関係

吉行　『好色五人女』は三百年前だよね。あなた、あの時代だったら、もうとっくに生きてないね。火あぶりかなんかだね。

**武田**　火あぶりかなあ。（笑）でも、あまり悪いことしてないのに、処刑されているのね。

**吉行**　何だって、すぐダメになっちゃう。おれなんかだって、もうダメだよね、あの時代だったら。

**武田**　間男の罪で何回も殺されてる。（笑）

**吉行**　とても対談なんかできない。（笑）

**武田**　わたし、『好色五人女』って、今度初めて読んだ。吉行さんと対談するっていうんで。五人とも、普通にわたしたちが思っているような〝好色〟っていう感じはないのね。〝一所懸命五人女〟っていうのかしら、〝男女関係五人女〟っていうのかしら。

**吉行**　そう、〝男女関係〟って意味もあるの、〝好色〟にね。「お夏清十郎」のお夏も、一人しか男を知らないでしょう。「樽屋おせん」が二人、「暦屋おさん」も二人、「八百屋お七」が一人でしょう。だから、これを〝好色〟と……。さっきいったように、もうこうなったら生きるか死ぬか、やるだけやるという、そのエネルギーが〝好色〟なんだな。

**武田**　そうね。一所懸命やった五人の女、あんまり一所懸命やり過ぎて、はみ出しちゃって、ひどい目にあって、瓦版になっちゃった……。

**吉行**　あなたは「樽屋おせん」だよね。

**武田**　そう？（笑）ほかの人は、お嬢さんと奥さんでしょう。だけど、おせんだけは働き者の女中さん、大店で歳がいくまでつとめて、キャリアウーマンみたいなものでしょ。

**吉行**　で、そのキャリアと見合う人と結婚したわけね。

**武田**　そのあと、二人じゃない、一人の男ですよ、よおく読んだら。

**吉行**　そのあとって、亭主の樽屋と間男の長左衛門で二人。

**武田**　二人でないよ。もうちょっとで寝ようとしているときに、樽屋に見つけられちゃって、何にもまだ関係してもいないのに「もはや、これまで」って、さっさとおせんだけ樽作りの道具の槍鉋《やりかんな》で胸を突いて死んじゃうでしょう。だから、おせんは一番可哀想っていうか……。

**吉行**　「下帯下紐を解き去りもしないうちに」っていうやつだな。

**武田**　そうそう。

**吉行**　一・一人だね。

**武田**　そう、一・一人くらい。

**吉行**　本当だ。あれが一番可哀想だね。

**武田**　あの長左衛門という人が、『五人女』に出てくる男の中では、一番バカバカしい目にあった感じね。だって、おせんに懸想していたわけでもないでしょう。ただ、おせんの頭の上にうっかり箱かなんか落っことしたために女房に疑われる。疑われたからには――っていうことで……。

**吉行**　あそこ面白いから、少し成行きをいうと、長左衛門の親父の五十回忌で法事をするので、おせんが手伝っていたわけだよね。台所で鉢に菓子を盛ってくれというので、まんじゅうとか胡桃なんかを盛っているところへ、長左衛門が入ってきて、棚から入子鉢《いれこばち》っていう、順に小さい鉢を入れていって何重にも組み入れるようにした鉢を取り落して、おせんの頭にぶつかって髪が乱れたのを、女房が見て、何かしたんだろうってヒステリー起こして、刺身なんか放り出して一日中怒っているんで、そうなりゃ、となるんだよね。「もう、こうなりゃあ……」って。

**武田**　あの女房がまた、感じ悪い女房でねえ。やきもちの焼き方がイヤ味だから、おせんだって、あいつの鼻をあかしてやれっていうことで。

**吉行**　よく読んでるねえ。

**武田**　面白かった。笑っちゃうところが、いっぱいあるでしょう。（笑）

**吉行**　滑稽を狙っているところが随分あるね。感じの悪い女房って、確かに刺身を投げ散らかすっていうのがイヤだね。ベチョッとして、気持悪いよな。

**武田**　あれじゃあ、おせんが仕返ししてやろうと思ったって当り前……。おせんって、すごく真面目な人で、樽屋に嫁に行くと、せっせとまた働いて、子供なんか、すぐ二人も産んじゃうんだものね。

**吉行**　これも面白い。

**武田**　初めおせんにフラれていた樽屋が、ばあさんに取り持ってもらって遠足に行くでしょう。そのばあさんまで一緒に行く。

**吉行**　お伊勢参りね、遠足でいいよ。（笑）

**武田**　そうすると、もう一人、おせんに懸想している久七っていう男が混じってきちゃって、四人で遠足に行く、あそこのくだりがいいねえ。のんきで、楽しそうで。おせん、あんまり男好きっていう感じじゃないのね。

**吉行**　でも、みんなエンジンかかるとダメなんだよ。

**武田**　そう、エンジンがかかったら、もうこうなった上は——ってね。（笑）

**吉行**　こうなりゃあ、もう。（笑）やっぱり、うまく書いてあるなあ。

**武田**　遠足から帰ってくると、樽屋にお嫁に行った方がいいとみんなに言われて、行くでしょ。と、もう、樽屋に一所懸命につくして暮してたんだけど、と、ある日からグラグラグラァーっと。納戸の事件からグラグラァーとなるっていう、あそこのところいいね。亭主孝行のおせんは一所懸命緊張して働いていたのに、クッとなってね、朝から晩まで。

吉行　そういう調子、とてもいいね。近所の話をしているみたいで。

武田　近所の話って感じだもの、『好色五人女』を読むと。

## 武田泰淳の求愛術

吉行　それで、話はもとに戻るけどさ、あなたですけどね。

武田　はい。（笑）どうして今日わたしが対談の相手によばれたのかって不思議に思ってたら、そういうふうな話をしようと思っていたの？（笑）

吉行　いや、これは成行きで。武田泰淳っていうものの力ね、やはり凄いと思うんだね。何なんだろうねえ、あの力っていうのは。

武田　力って？

吉行　あなたのような男遍歴を重ねるはずの女をだな、手なずけたじゃないの。

武田　そうかしら。

吉行　そうだよ。ちょっと立入ったことをいうけど、あなたは本格的なヤミ屋で、連れの男がいて……。

**武田**　……。

**吉行**　この二人の仲は裂きがたいというぐらいの感じだったわけ。そしたらある日情報が入ってきて、武田泰淳という当時の新進作家が、百合子さんの勤めている喫茶店へ行って戸籍謄本を出して求愛した、と。バカな男だ、きっとフラれるに違いない、とみんな大騒ぎでいってるの。ぼくは、そのとき、いや、それは違うな、と思ったんだな。これはきっと泰淳の求愛が通るであろう、ぼくは思ったね。

**武田**　……。

**吉行**　迫力があるじゃない。大人だよね、やり口が。ちゃんと計算ができてるし、コンテが立ってるよ。アピールの仕方がきちんとしているし、狙いが思いもかけないところから来てるよね。大体、戸籍謄本を持って来たというのは嘘なの？

**武田**　ほんと。だけど、あの戸籍謄本は、わたしを誘うためにわざわざとったんじゃないと思う。机の抽出しに入ってたんだと思うの。何かの必要でとって、二枚くらいよく余分にとるでしょう。そういうのが入っていたんじゃないかしら。わざわざ区役所へ行って、そういうものをとるっていうことなんかできない人だもの。

**吉行**　何かでとったって、その何かが判らんじゃないか。どっちが重いか判らんだろう。

**武田**　うーん、そりゃそうだ。

**吉行**　そりゃそうだ、か。(笑)何だろうね、やっぱり人間性かね、あの人の。

**武田**　やっぱり、そうね。

**吉行**　正面からジワッと行って、抵抗されるんだけれど、ジワジワと行くんだな。

**武田**　あの人、国民服着たり、お父さんのお下りの古臭い背広を着たりしてね、わたし、漢文の先生かと思った。武田泰淳て知らなかったのよね。

**吉行**　それは珍しい。もっとも中国文学だからな、あの人は。

**武田**　痩せててね。

**吉行**　あの頃、みんな痩せてたよ。栄養がないから。まあ、その辺はいったん置いて、また『五人女』に戻りますか？（笑）

**武田**　そうして下さい。

## 男を知ると女の腰は平たくなる？

**武田**　映画で『お夏清十郎』やったでしょう。女と男の名前が繋がっている題のは、たいてい見ちゃうの、映画でも、小説でも。

**吉行**　ははあ、女っていうのはそういう趣味があるのか。これから小説の題は、男と女の名前を繋げちゃうのをつけるかな。

**武田**　（笑）『八百屋お七ふり袖月夜』っていうの見ました。錦之介とひばりがやったの、その次に『歌ごよみお夏清十郎』っていうのも見ました。ひばりと雷蔵がやったの。雷蔵がきれいでねえ。それから長谷川一夫の

吉行　『おさん茂兵衛』（『近松物語』）……。
武田　近松は茂兵衛だけど、西鶴は茂右衛門だね。
吉行　みんな見ましたけれど、そういうのとまるで違うのね、吉行さんのを読むと。
武田　ぼくのじゃない、西鶴だよ。
吉行　からりとしてて、読んだあとがすっきりするのよね。いい気持になるの。
武田　やはり滑稽ということを心がけたんだから。近松は、少ししめらさないと、客が入らないという気持があったんだろうな。
吉行　近松のは、女が義理の立てっこするでしょ。こっちの方の女は義理なんか考えない。「意地だあ」ってやってる。
武田　性的な直接描写って、ほとんどないね。
吉行　ほとんどない。
武田　お夏と清十郎が仕組んで、花見の小袖を綱にかけて幕にして、獅子舞を雇って、そっちにみんな行かしちゃって、その幕の中でやるわけなんだけど、「うしろで柴刈男が見ていて」、「これはどうじゃ」っていう顔をして「ふんどし動かし」と、それしか書いていないんだけれど、あれなんか見事だなあ。

**武田**　生々しいわね、その「ふんどし動かし」っていう発音。（笑）

**吉行**　「手にもった鎌を握りしめ、ふんどし動かし」だから、自然に動いてるのかな。

**武田**　片手にギューッと鎌を握っていたという感じだわよ。（笑）

**吉行**　じゃあ、残りの片手で「ふんどし動かし」だね。残りの片手を想像しろという……。

**武田**　それから、あそこ。「おもいなしか、男を知ったお夏の腰つきが、平たくなったようだ」っていうの。あれは印象に残りますねえ。（笑）

**吉行**　あそこが『五人女』で、さすが西鶴、色っぽいねえって、みんないうのね。でも、一体どういうことなんだろうと考えてみたわけ。ぼくは、男を知ったので、腰つきが女っぽくなったのだろう、と思ってそれ以上考えなかった。百合子さん、どう解釈する？

**武田** びっくりしましたよ。ヘエー、女の腰って、男を知ると途端に平たくなるのか、わたし、自分の腰ってよく見たことないから……。きょう、吉行さんに訊こうと思って来たの。

**吉行** じゃあ、それについて御返事しましょう。（笑）出典があるのね。どういうことかというと、「処女を失うと尻つきが平になるという俗説による。類船集に『世ごころつける姫ごぜの尻のひらめになるこそはぢらはしけれ』とある」（岩波古典文学大系『西鶴集上』）ということで、つまり、「はぢらはし」というんだから、一週間ほど平たくなるという意味じゃない？

**武田** はあ、そうか……。

**吉行** 判るでしょ。ぼくは処女になったことないけど。

**武田** 一週間ほどねえ……。

**吉行** ちょっとがに股風になる、と。ぼくは知りませんけれど、女性は幅ったい感じが一週間ほど続くんだってね。

**武田** ふーん……。

**吉行** 幅ったいっていうのは、体の中が。で、歩くときも、ちょっとがに股になる。と、腰つきも四角ばってくるんじゃない、一週間だけ。

**武田** 少しヨロヨロと八の字に歩くような……。人によって、一週間の人も二週間の人もあると思う。

**吉行** やはり、ヴァージンというのは、ふくよかではないよね。丸みを帯びた腰つきってあるじゃない。つまり、平たくなった時期を経過して丸みを帯びる、と。今度初めて、これに気がついた。勉強になった。

**武田** 男ってイヤだねえ、見てるんだねえ。清十郎は見てたのねえ。西鶴が見てたのかな。

**吉行** でも、女の方が得だね。いろいろ面白いよね。平たくなったり、がに股になったり、丸くなったり。男は別に関係ないものね。

**武田**　『お夏清十郎』では、女たちがドォーッと清十郎に群がり押し寄せるところがおかしいね。

**吉行**　面白いところに目をつけるな。

**武田**　遊女から下女から乳母からドォーッと群がってね。そして清十郎が処刑されちゃって、お夏が悲嘆に暮れると、何にも関係結んでもらえなかった下女たちまで、一緒にドォーッと悲嘆に暮れててねえ。

**吉行**　ドォーッと気が狂ってしまうのね。

**武田**　気が狂って、そのあと尼さんになるっていうと、下女まで揃って尼さんになるの、ねえ。わたし、驚いちゃった。昔は尼さんだらけ、坊さんだらけなのね。すぐなるんだから。

**吉行**　面白いねえ、あなたの見方……。

武田　目に見えるようだわ、清十郎のもとへドォーッと女がなだれていくっていうのが。

吉行　でも、こういう見方をする人少ないからね。正しい読み方だね。要するに、清十郎っていうのはプレイボーイだということが判って、ドォーッとなるわけでしょう。

武田　そうそう。

吉行　あれはどういう心理なの？　悪名高い男にドォーッと行くっていうこと、今でもあるじゃない。あれは何なんですか。危険な感じがいいの？

武田　うーん。危険な感じねえ。清十郎って、危険な感じっていう男でもないでしょう。

吉行　いや、でも、名うてのプレイボーイで、つまり、室津の遊女が全部恋文を送って、というようなタイプの男に対して、なぜ、どうなんだろうねえ。わたしが真人間にしてやろうと思うのかね。

武田　そんなこと全然考えてないんじゃない。どういうんだろう。杉良太郎みたいなスター……。昔はテレビもないし、芸能人も少ないし、室津の遊女全員に惚れられている男なんていったら、噂のスターでしょ。奉公人だけど実はいいとこのお坊ちゃん、という身の上も女たちに好かれるでしょ。

**吉行** あ、なるほど。

**武田** 今、スターにどしどし贈り物してるでしょ、おばさんたちが群がって。そういうのじゃないかしら。

**吉行** それは判りやすいね。

**武田** スターと契りを交わしたり、交わせなければ、せめて触ったり、口きくだけでもしたいという……。『五人女』には、世帯を持ちたいっていうような言葉は書いてないのね。

**吉行** 書いてない。

**武田** ただ一度契りを交わさねばならぬ、とせっせと出かけて行くのね。

**吉行** 「ならぬ」か。(笑)なるほどね。それは判りやすい。清十郎もすぐ殺されちゃって、あの辺の呼吸がうまくて、本当に近代的だねえ、西鶴は。

**武田**　女たちがドォーッと群がってくると、清十郎は「うっとうしい」っていうわね。わたし、「うっとうしい」って書いてあるところ読んで、ああ、そうでしょうねえ、すみませんねえって。(笑) 本当にきっと、うっとうしいんだね。吉行さんも、うっとうしかった？

**吉行**　……。

**武田**　ずうっと、うっとうしかった？

**吉行**　いや、ある時期からうっとうしくなったけれど、あなたと最初に会った頃は、ちっともうっとうしくなかった。

**武田**　うっとうしそうな顔してたけど。

**吉行**　いやあ、いい女だなあ、と思ってね。

**武田**　わたしのこと？

**吉行**　うん。いや、すごかったものね。

**武田**　そうお？

**吉行** うん。かったじゃいけない。過去形じゃいけないね。まあ、あのね、あの、うん、ほんと。

**武田** ありがとう。

**吉行** 男がドォーッと群がってね。(笑)

**武田** いえ、そうじゃない。わたし、もう腹が立っててねえ。ひがみくり返ってました。

**吉行** 何で？

**武田** 吉行さんが、無視するからね。

**吉行** 嘘だよ。そんなことはない。

**武田** 無視したから、ブン殴ってやったことがありました。(笑)

**吉行** ブン殴られたことあるんだけれども、違うよ。あのとき、カストリ一升飲んでいたんだ。

**武田** すごいねえ。

**吉行** それでもまだ歩いて帰るわけ。で、百合子さんにぼくは接吻させてくれってお願いして、ちょうど明治大学の暗闇あたりで。「いい」っていうから、で、接吻しようとして、間違えて鼻の頭にしちゃったの。位置を間違えたためにブン殴られたわけだよ、ぼくは。

**武田**　ああ、そうだったのかな。わたしは、もう、無視されてるとばかり……。

**吉行**　あれは、ぼくは非常に憶えている。

**武田**　ものすごい勢いだったものね。あれ以来、あんなにひどく人を殴ったことない。

**吉行**　だから、場所を間違えるっていうことは、人を傷つけることになるんだよね、きっと。

**武田**　（笑）

**吉行**　唇を無視して、鼻をなめたっていう。

**武田**　……。

**吉行**　そういうことだよ。せっかくのチャンスをねえ、畏れ多いんで、つい場所を間違えちゃった。何しろ一升飲んでちゃねえ。

**武田**　吉行さんが芥川賞もらったときね、わたし、お祝いにお酒贈ったの憶えてる？

**吉行**　……。

**武田**　舶来のシャンパン贈ったわよ、張りこんで。

**吉行**　あ、だんだん思い出した。ありがとう。

**武田**　タクシーに乗ったら、運転手が「お客さん、今度芥川賞っていうのもらった吉行淳之介は、小学校の同級生でね。嬉しいなあ、よかったなあ」って自慢しながら運転してるの。それで、わたしも何だか嬉しくなって、お酒買いました。

**吉行**　まあ、あの頃、泰淳は景気がよかったろう。シャンパンくらいくれてもいい。（笑）

## 余裕シャクシャクの女たち

吉行　で、『五人女』に戻ると、五人のうちでどの女に一番シンパシーを持つ？

武田　シンパシーというか、全部の女に好感を持ちましたね。可愛らしいし、おっとりしているでしょう。ああいうの好きね、あたりのことを全然かまわないっていうか。

吉行　自分と同じだ。（笑）

武田　そうか。（笑）大らかっていうか、反省してないところがいい、女の人が。「おまん源五兵衛」のおまんは、ホモで美男の源五兵衛に惚れこむと、男装して乗りこんで思いをとげるし。

吉行　そうそう。

武田　悩まないのね。こういうタチの女主人公が出てくる小説って、あまりないのね。黒鉄ヒロシの漫画『ひみこーッ』の女主人公が一番似てると思う。でも、可哀想といえば、おせんが可哀想。

**吉行**　一・一人しかやってないからね。

**武田**　一番複雑で面白いのは、おさんだと思う。大店の奥さんだけれど、ちょっと蓮っ葉なところもあって。

**吉行**　朝、目を覚ましたら「鼻紙がくしゃくしゃになっている」という……。

**武田**　おさんが一番いろいろなことしちゃうでしょう。下男をいたぶってやろうとしたり、狂言心中したり、青トカゲが好物のクマみたいな山男と結婚させられそうになったり……。おさんが駆落ちの途中、夢の中に仏様が出てきて、「二人別れて仏門に入れ」とお告げがある。おさんが「こっちはこれが好きなんで命がけの浮気心なんだ。かまわないでおくれ」なんて夢の中で平気で口答えすると、仏様の方が驚いて閉口して消えちゃうのね。おかしいね。

**吉行**　どうせなるんなら、あのかたちが面白いね、一・一人で殺されるよりね。

**武田**　そうそう。

**吉行**　一番ソンしてるのは八百屋お七だね。大体みんな十六ぐらいが多いんだよね。

**武田**　みんな可愛らしいのね。で、みんな女が余裕シャクシャクっていうか……。

**吉行**　女はそうだよ。

**武田**　ときどき男が狼狽したりすると、女が傍でおかしがっているでしょう。

**吉行**　それは子宮のせいですよ。子宮が体の中に入っていて、どっかりあぐらをかいているから。男は、すぐ縮み上がっちゃう。（笑）

**武田**　男って大へんですねえ。

**吉行**　今、セックス年齢が早くなっているというけれど、お夏の場合、十六で、選り好みが激しくて、結婚が遅れているっていい方をしてるでしょう。みんな早かったんですよ、この頃は。

**武田**　精神年齢が早いっていうのかしら。

**吉行**　ルールでしょう、世の中の。もう十六になったら、嫁に行ってなきゃいけないという……。女は肉体年齢が早いんじゃないのかな。

**武田**　ああ、下半身年齢が早いのね。

**吉行**　下半身年齢っていいね。でも、それだけの読み方したら、『五人女』は面白かったろうね。

**武田**　面白かったわよ。楽しかった。

（『婦人公論』一九八二年五月号）

## 『富士日記』をめぐって

〈聞き手〉岸田今日子（女優）

岸田　この『富士日記』はもうお亡くなりになった作家の武田泰淳さんの夫人でいらっしゃる百合子さんが、泰淳さんとお嬢さんの花子さんとご一緒に富士の山麓でおすごしになった毎日をとてもはっきりと、いろんなことをとても楽しく……楽しくというか、淡々となんですけれども、綴っていらっしゃる日記です。

山荘は、昭和三十八年にお建てになったんだそうですが、三十九年の七月から五十一年の九月までの丸十三年間のこの日記で、山の暮らしがとてもはっきり分かります。

今日はわざわざおいでいただいてありがとうございます。

まず、この富士山麓というのは、どうしてここに山荘をお建てになろうとお思いになったんですか。

**武田**　とてもかんたんなことなのですけれども、まず第一に（昭和）三十六年だったかしら、そのくらいのときに中国へ旅行したんです、武田が。そうしましたら、帰ってきてから、中国でひいた風邪が抜けなくて、しょっちゅう咳をしてましてね。たばこも、ヘビースモーカーですし、なんかあの、ちょっと心配になりまして。住まいが赤坂ですし、空気のもうちょっといいところで、よく日に当たった方がいいんじゃないかというふうに二人ともそう思うようになって。

ちょうどそのころ、住んでいるアパートの管理会社の関係の会社が、あのへんを開発するので、告知のビラが貼られたんですね。それでもう、「あ、ここ。ここでいいや」と思って。他に知っているところがないものですからね。武田は東京生まれでしょ、私も神奈川県ですから、知っている田舎や親戚がないんですね。それで、「ここ、どうかな」と大急ぎで車を使って行ったんですね。

行きましたら、ちょうどその日がすこし曇っていたんですけれどもね、むこうについたらすこし雨が降ってきて、案内されて山へ上がったら、上はもう吹き降りで。気候にすごく変化があるところで。

そんな中で「このへん」といわれても、霧と雨で何にも見えないんですね。それでも武田はうちで待っているし、何回もここまで出てくるのもあれだしと思って。ちょうどその時、一抱えもあるような大きなもみの木がひとつだけはっきりと黒く見えたんですね。それで「ここの回り。ここの回りに決めた」と言って帰ってきたんです。そこにうちを建ててちょうだい、と。

うちも、ＡＢＣだったかな、三種類か、四種類の中から選んで建てればいいということだったので、設計もなにもしないで、この中で一番簡単で丈夫そうなのを、と言って、建ててもらうことにしましたら、速達が来て、「霧が晴れて、奥さんがここ、といったところを見たら、駆け下りていくと止まらないくらいの沢だった。考え直すことも出来るから、もうちょっと別の処に建てるようにもう一度見にいらっしゃいませんか」と、いわれたんです。

そうしたら武田が、「かえってそのほうがいい」というので、そこに決めましてね、沢の下ったところにうちを建てたんです。

**岸田** そうですか。

**武田** それが三十八年の暮れに建ち上がりました。うちを建てたのははじめてなものですから、三人ともとっても喜んでね、すぐに暮らそうと思って行ったら、そこはふつう冬には来る人がいない場所ですから、山荘は夏小屋の作りで……。冬の暮れに行ったものですから、大変でした。

**岸田** それは最初にいらしたんじゃたいへんですよねえ。

**武田** うちじゅう三人、タオル二枚くらいを頰っかむりして、ありったけの布団掛けて、じいっと寝ていましたけど。それが最初で、ですからその年は、日記どころじゃありませんでした。(笑)

**岸田** そうですか。この日記は、お建てになった翌年の七月からですけれども、これはどういういきさつで、お付けになったのですか。

**武田**　最初の時はそんなことでしたけれど、次の年から……。武田、東京で生まれて東京で育っていましてね、兵隊で中国に行っていろんな農村を見たり、日本の中を旅行したりはしていましたけれど、田舎に暮らしたということはないのね。それで、とっても山の暮らしの自然の変化というんですか、そういうものとか、それまで植物なんかあんまり気にしない人でしたけれども、空とか植物とか土とかそういうものの変化に、とっても、楽しむというか、私なんかから見ると、初々しい畏《おそ》れ、というんですか、そういう感じで楽しんでいましたね。

そして地元の人があがってきますでしょ。お酒飲んだり、一緒に食べたりして話したり、自分も、私が運転する車に乗って下へ降りて、ガソリンスタンドに行ったりするんですね。そういうようなところで地元の人と話すっていうのを楽しみにしていました。

私の方は、軍国女学生だったから、それに村に疎開して、田舎の暮らしをしていたことがあるものですから、はじめはそんなに感激しなかったんですね。そして、地元の人に対してでも、武田ほど感激したりしませんでした。ですから地元の人は、「先生は甘《あめ》えところがあるけれど、奥さんはきついなあ」と、よく言ってましたけれど。(笑)

はじめは「日記、山にいる間だけでもいいからつけてごらん」と言われたんですけれども、私は全然相手にしませんでしてね、そういうものを大人になってから書こうっていう気にあんまりならなかったですね。

**岸田**　そうですか。

**武田**　ことに武田と一緒になってからは……小説家でしょう？　なんか、おまんじゅう屋の人があんこを嫌いというのみたいで(笑)、私、文章を書くのが……一人書いていると、嫌なような気がして、全然考えていませんでした。それでも、「つけてごらん、何でもいいから。お天気でもいいし、あったことや、面白かったこと、自分がそう思っていることだけ書けばいいんだから。そして反省や述懐はしなくていいから」って言われて。「反省が似合わない女だから、しなくていいぞ、日記の中で。大体、反省するとかならずあとでそれを上回るずるいことを考えているから、しなくてもいい」と。「それでいいのか」と思って。山にうちを建ててもらってそこにも来られるようになったし、自動車も買って私が運転しているし、考えてみるとこんな暮らしになるとは思わなかったし、タダでご飯食べさせてもらってるから、そのくらいしようかと思ったんですね。それで、山の間だけですよ、ということで始めて。

**岸田**　お正月ということで、昭和四十一年の一月一日の日記を読ませて頂きます。

昭和四十一年

一月一日　快晴

八時半起きる。

南アルプス全部見える。はっきり見える。富士山も全部見える。いいお天気だ。

朝　お雑煮（豚肉、かき玉、ねぎ）、黒豆、だてまき、昆布まき、かまぼこ、酢ダコ。

花子はカルピス、主人と私はビールで、新年の挨拶をする。「明けましておめでとう。今年もどうぞよろしく」

昼頃、Ｗさん巡回、買物の用をしに寄ってくれる。七千円渡してビール四打頼む。Ｗさん、床屋に行き、半コートの新しいのを着ている。いれちがいに関井さん来る。年始のあいさつに。今日はゴルフ場のハウスで社員全員揃って祝賀式があり、今散会して帰る途中で寄ったのだそうだ。四日から仕事をはじめるから、四日に台所の水道を直しにくる、という。関井さんは、黒に白い縞の礼装用ネクタイをしめ、背広の上にアノラックを着こんでいる。やっぱり床屋に行った顔と頭だ。東京から持ってきていた海苔の缶と、貰いものの下駄を奥さんに、と差上げる。Ｗさんも関井さんも「今日は道が凍っていて上りにひどく骨が折れた。危ないから、明日下る方がいい」という。初詣ではやめにしておく、と主人いいだす。

風呂を沸かし、明るいうちにゆっくり入る。三人とも下着をすっかりとりかえる。

陽ざかりに洗濯ものを外に干してみたら、みるみる凍りついて、するめのようになった。

昼　ごはん、さわら味噌漬、豆腐味噌汁。

夜　ふかしパン、串カツ、きゅうりとキャベツ酢漬、果物のゼリー。

夜、寄席中継をきく。ラジオでは、今夜から、また一層冷えこみ激し、という。主人、花子に百人一首を教えている。二首ほど教えて「あとは一人でやれ」といって寝る。花子一人でやっている。

富士山と南アルプスが、今日は本当に見事であった。

**岸田**　本当に淡々としているけれども、三人の、なんというのかしら、おひとりずつのたたずまいというのがとてもよくわかるような気がするんですけれど。

　さっき地元の方のお話も出ましたけれども、地元の方ともずいぶん仲良くなさったみたいで。おうちを直したり、ガソリンのこととか、いろんなことでずいぶん行き来がおありになったでしょう？　地元の人たちと。

**武田**　そうですね。下に降りるとガソリンを入れますから、ガソリンスタンドは決まったところで、そこの人はもう家族ぐるみでとっても親切にしてくれましたね。野菜なんかをもらったり。

　石屋の外川さんという人は、うちの門とか石垣を作ってくれた人ですけれど、その人もずっと、武田が死んでも、今でも野菜を持ってきてくれます。

　この頃は、私が目を悪くして車を売ってしまいましてね、車を使わないで、新宿からバスで行って、そしてタクシーであがってしまうと、もう足がないんですね。外川さんは、私が車を売ってしまってからは、ひまになったらば大菩薩峠に連れて行ってあげる、とかいろいろしてくださるの。

**岸田** さっきも関井さんとかでてきましたけれども、地元のいろいろな方たちの性格描写みたいなものもとても面白くて。

私、すごく印象的だったのが、顔だけ知っているけれど名前は知らない人が、「奥さんのところ、一度呼んでくれよ」といったら、百合子さんが「うちはほんとうに来てもらいたい人しか呼ばないの」と、おっしゃったんでしょう？ 「いい男しかよばない」とか、はっきりおっしゃっちゃうのね。（笑）そういうところがおかしくてね。

**武田** いい男しか来てもらいたくないのね。（笑）そうすると、やっぱりいい男だけ来てくれますね。（笑）

**岸田** ああ、そういうものですかねえ。（笑）もちろん泰淳さんのおもしろいところもあるし、百合子さんはご自分のことだから、ご自分の描写をなさるわけではないんだけれど、百合子さんがこういうことをおっしゃったということで、「面白い方」って思っちゃうわけ。すごくそういうところがたくさんあって、楽しい日記なのですが、四十四年に竹内好さんと、泰淳さんと百合子さんと三人でソ連へいらっしゃいましたね。『犬が星見た』という、本当に素敵な、私は大好きな紀行文をお書きになってらっしゃいますけれども、やっぱり、これは、この『富士日記』をお書きになっていらしたというところから出たんですかしら。

**武田**　そうですね。自分ではよくわからないのですけれどもね、ロシアへ旅行する時も武田に「連れて行ってやるから、日記をつけるんだぞ」と、支度をしながら言われたんですね。私は初めて外国に連れて行ってもらうので、タダで行かせてもらって、ご飯も食べさせてもらうんだから、やりましょうと。それから、ロシアに行っている間って、おそうじも何もしなくていいでしょう。（笑）ご飯も作らないし。だから、ずいぶん時間はありましたね、書いている時間が。

**岸田**　四十六年に泰淳さんが軽い脳血栓でお倒れになったんですか？

**武田**　ええ、倒れたというよりも、あのときは、谷崎賞の選考委員をやっておりまして、その会に出まして、話をしようと思っていると、頭で考えたことが、なかなか口に出てこなかった、と。全然倒れも何にもしませんでした。変だな、と思ったんですけれども、うちに帰っても、なんにも言わないんです。そのとき、武田の嫂が来ていましたが、その人が喋るのをじっと聞いていて、いつもよりも喋らないな、とは思っていたんですね。

次の日は、山に行くっていうことが決まってたものですから、車に乗って出まして、中央道をずっと走っていましたら、途中で、「昨日、そういうことがあった」と、初めてぽつっと言ったんです。それで私が、「それじゃあ、これから戻ろうか」と言って。高速道路ですからいきなり戻れませんから、「逆の方角へ戻れるところまで行って、下に降りて、東京へ戻ろうか」といいましたら、ものすごく怖い顔をしましてね、絶対に行く、というような顔をするんですね。そういうときに立ち止まるのが嫌いらしくて。（笑）とにかく行ってからだ、と怖い顔をするんですね。そういう顔したときって絶対に言うことを聞きませんからね。それでは行って、気が済んだら戻ればいいんだと思って、そのまま行きましたら、途中で機嫌が良くなって、私にお世辞なんか言ったりして。（笑）

**岸田** どういうお世辞をおっしゃるの？（笑）

**武田** 何を言ったかしら、あのとき。でもありありとお世辞とわかるようなことを言ったりして……、ご機嫌を取るような。（笑）自分のわがままを通したもんですから、具合が悪くなってしまったらしくて。

そして向こうへ行って一晩泊まりましたら気が済んで、東京へ戻ってきまして、人間ドックに入りました。そうしましたら、軽い脳血栓が起きていたということで、とにかく疲れているから少し大事にした方がいいということで。そのときに軽い糖尿病も見つかりました。ずっとお医者さんにかかったことがないんですね。歯医者さんも行ったことがないんです、中学生の頃から。

**岸田**　お丈夫だったのね。

**武田**　ええ。それで、歯がなくなっちゃっても、行かなくて。

**岸田**　それじゃ、お丈夫とは言えないわね。（笑）

**武田**　全部なくなるまで行かない、って言って、一本だけ残ってからも、ずうっと一本だけでいましたよ。（笑）

**岸田**　ご不自由でしょうに。

**武田**　ですから、日記を見ると柔らかい献立ばかり。

**岸田**　お豆腐とかはんぺんとかお好きみたい。揚げ出しとか。

**武田**　それまで歯がなかったんですけれども、人間ドックに入りましてね、一週間いて、出たい、といって、出していただくについて、「歯も入れます、食事も気をつけます、タバコもやめます」と、お医者様といろいろと約束しまして出していただきました。

そのときに、「脳血栓は、一回目は軽いけれども、二回目はひどく来ますから、二回目がこないように養生しなさい」といわれたんですね。それでずっと、私は、脳血栓の心配ばかりしておりました。そうしましたら脳血栓のほうはその後全然出ませんで、がんで死にましたんですけれども。

**岸田**　肝臓がお悪かったとか。

**武田**　全然知りませんでした、肝臓がんになっているっていうことを。

**岸田**　昭和五十一年の九月の日記です。

九月二十日（月）　くもり　むし暑い

朝、私が便所に入っていると、ドタンと音がしたので、寝室へ急いで行ってみると主人が這ってテラスへ行きかけたまま、くず折れている。そっと抱きかかえるとそのままになって、足を投げ出して抱かれている。じいっとしていると、ふざけたように顔をこすりつけてくる。顔は笑ったまま、眼はとじたままにして。黄色い顔をしている。口の中で何か言っている。「意識がこん濁しちゃうんだ。どこにいるのかなあ」と言っている。

**岸田**　というようなことがあって……。この頃は相当悪くなっていたわけですね。

**武田**　そうですね、もう病院に申し込んだ時には、私は肝臓がんということは知らされていました。主人は知りませんでしたけれど、往診に来たお医者さまによると、どうも肝臓に腫瘍があって、ということでしたね。

**岸田**　それで、その翌日の九月二十一日というのがこの『富士日記』の一番最後の日なんですけれども、これからどれくらいして泰淳さんはお亡くなりになったんでしょうか。

**武田**　そうですね。十月五日に亡くなりましたから……。

**岸田** 十五日くらいですね……。

**武田** そうですね、そのくらいですね。二週間ほど……。もう病院に入ってからは、お医者さまも「苦しみませんよ」と仰っていたんですけれども、ただほんとに眠いといって寝ておりました。昏々と寝ては目がさめて、何かをちょっと食べて。ただ、腹水がたまってくるとちょっと苦しそうでしたけれども、それを抜いてしまうと、また……。ほんとうにどこか痛いところがあるかと聞いても、別にない、っていうんですね。しょっちゅう寝ておりましたね。「カーテンは夜でも全部あけといてくれ」といわれていたので、夜、空が見えるんですね。飛行機が、赤い灯をつけて飛んでいくのが遠くに見えて。眼鏡をかけさせてくれ、と言われてかけさせると、そんなものを見ていたんですね。

なるたけそばにいるようにしていましたから、目がさめると私の顔がすぐそばにあるんですけれどもね。そうすると「こんなに寝ちゃって」と、実に恥ずかしそうな顔をして、またすうっと寝ちゃうんですね、ち

ょっと笑ってね。「すみませんね、こんなに寝ちゃって」っていう感じでしたね。（笑）

**岸田**　面白いというか、なんか、とっても泰淳さんという方がわかるっていうか。かわいらしいっていうか。印象的なところですけれど。

**武田**　なんか、行きたくなくて。死にましてから、一年間は山へは行きたくなかったものですからね。

**岸田**　やっぱり赤坂のマンションよりも、その……。

**武田**　そうですね。赤坂もやっぱり何十年も住みましたから、それはそれであるんですけれど、向こうに行くと、壁に掛かっている麦わら帽子とか、暖炉のそばに置いてある長靴ですね、それはもうほんとに武田が五十一年の夏が終わって帰るときに脱いだそのままになってあるんですね。草刈り鎌とかそういうものもそのまんま同じところに置いてあって。なんか向こうに行くと、いるような気がしますね。天井が吹き抜けになってまして、太い梁がこう、あるんですね。私はその部屋にいつもひとりで寝てるんですけれど、夜寝ていると、なんかその梁のところに腰掛けて足をぶらぶらさせているような感じがします。

**岸田**　ああ、そうですか。

**武田**　やっぱり向こうに行くとそういうことを思い出しますね。思い出すというより、いるみたい。

**岸田**　そうでしょう。きっといらっしゃるんでしょう。

**武田**　犬もむこうにお墓があるし。

**岸田**　ポコ、でしたかしら。

**武田**　ええ。やっぱりいろんなものが。

**岸田**　ええ。ほんとに今日はありがとうございました。

（NHKライブラリー自作を語る『富士日記』一九九二年一月放送）

# 対談「百合子さんのこと」

金井久美子
×
金井美恵子

### みんな若くして……

**美恵子**　この対談集の中に登場する方は、おとなだから、武田泰淳さんの病状のことや、死生観を話してるのに、私たちのところだけ、なんかノーテンキにおしゃべりしてるって感じ。

**久美子**　登場する方たちは、私と美恵子を除いてみんな亡くなっているのよね。

**美恵子**　武田泰淳さんが六十五歳、百合子さんが六十七歳、『犬が星見た』で一緒にロシア旅行をした竹内好さんが六十七歳、そして、吉行淳之介さんは七十歳で亡くなられて……。みんな若死によね。

**久美子**　『富士日記』を読み返すと、知っている編集者が一杯出てくる。

本を読んでいて、知り合いが出てくるっていうのはちょっとびっくりするよね。知っている犬や猫も。

美恵子　大岡〔昇平〕さんの家のデデとか、武田家の玉とか。

久美子　デデは、他の人には吠えないんだけど、ヒゲをはやした人がくると、すごく吠えるのよ。ヒゲをはやした人が嫌いなんだって、大岡さん言ってたね（笑）。

## 百合子さんとの出会い

久美子　そもそも百合子さんと最初に会ったのは、吉岡実さんが高見順賞を受賞したときの二次会の席だったと思う。会場は、飯島耕一の奥さんの実家だという、新宿の鍋屋さんで、そこへ行ってみたら中村真一郎と話をしている人がいて……。

美恵子　場ちがいにきれいな人で、それが百合子さんだったのね。

久美子　吉岡さんに「あのきれいな人はどなたですか」って聞いて紹介してもらったのが最初ね。

美恵子　そのときはまだ泰淳さんも生きていらしたと思う。

お付き合いがはじまったのは、中央公論の編集者の方たちが泰淳さんの一周忌のときに私たちを呼んでくれたのがきっかけで、そのあと、お宅に伺って、お線香を上げさせてもらって。

印象的だったのは、百合子さんが、「胃の薬をずっと飲んでいた友人が胃癌になった」って、すごくまじめな顔で話していたことね。

久美子　玉が、年を取って不機嫌になったとか。市川右太衛門《うたえもん》に似てるから、「旗本退屈男」って呼んでいるとか。くどい顔だっておっしゃって（笑）。

美恵子　太り気味の大きな猫で、触ろうとすると、じろっと睨まれたけど、花ちゃん（百合子さんの長女で写真家の武田花さん）の写真で見るように、可愛い猫なことは確かだよね。

久美子　花ちゃんは、私たちとそれほど年が違わなかったけれども、その頃は、おかっぱで、小柄だし、すごく若く見えたね。新宿で飲んでたら高校生と間違えられて補導されたって、百合子さんが言っていたわね（笑）。

**美恵子**　花ちゃんの写真展のときにも、百合子さんに会った。

**久美子**　そうそう。日本橋の「ツァイトフォトサロン」で、花ちゃんの二度目の展覧会があった時……。

**美恵子**　わたしはその時は行けなかったんだけど。

**久美子**　女優の加藤治子さんも来てらして、百合子さんのお知り合いだったんでしょうね。そのときいらした大岡さんが、加藤治子さんを美恵子だと間違えたのね。そしたら百合子さんが「ちょっと、大岡さん！　失礼よ、美恵子さんに」って怒ったりして（笑）。加藤さんと美恵子じゃ、年齢の差がありすぎるからね。百合子さんに叱られた大岡さんはあわてて、「おお、あなたでしたか」って（笑）。

**美恵子**　加藤さんって綺麗な人だったから、間違えられて光栄（笑）。大岡さん、まだ白内障の手術する前だよね（笑）。

**久美子**　百合子さんが、花ちゃんの写真展の二次会に皆を案内してくれるんだけど、主役の花ちゃんは来ないのよ（笑）。お父さんとお母さんの友達のおじさんとかおじいさん作家ばっかり集まるからでしょうね。まあ私たちはその頃、まだ若おばさんですけど。埴谷（雄高）さん、大岡さん、写真家の桑原甲子雄《きねお》さん。

**美恵子**　埴谷さんなんて足が冷えるって六枚靴下をはいている人だものね。若かった花ちゃんにしてみれば、高齢文化人ばかりの二次会は……（笑）。

**久美子**　百合子さんは、水上勉さんと一緒の時もあったわね。たしか新宿のバー「まえだ」の何十周年かの記念パーティーの後、新宿歌舞伎町から二丁目のあたりを歩いてると、ヤクザみたいな人から、「おっ、いい女」って声を掛けられるのよ。水上勉は気分よかったでしょう（笑）。

**美恵子**　姉《アネ》さんのお供（笑）。中公の編集者に聞いた話だけど、吉田健一が水上勉のこと、ここ、って額を指さして「業」って書いてある（笑）顔だねって言ってたそうです。
　百合子さんは、水商売の人にも人気があるいい女だったよね。

**久美子**　綺麗で、ぱっと華やかな人だったからね。

**美恵子**　百合子さんが「いい女」っていうことには大賛成なんだけども、私が不思議だなと思うのは、百合子さん、いつも靴じゃなくて、ヘップサンダルってのか、つっかけを履いてるのね。よそ行き用って感じの写真もたくさん残ってるけど、そういうところも不思議な人（笑）。

## 小川徹さんとのつきあい

**久美子**　私がちょっと不思議で面白いと思ったのは、映画評論家の小川徹と親交があったことね。百合子さんが、小川さんについてのエッセイ（「眼が洗われたような気持になる本――小川徹『父のいる場所』」『あの頃』所収）も、小川さんのことをちょっと同情的な感じで書いてるわけ。それが面白かった。

**美恵子**　小川さんって、あの時代の、言ってみれば好奇心のジャーナリストの中でも特異な人だったんじゃない？

**久美子**　百合子さんのエッセイを読むとね、『季刊リュミエール』（一九八五年に創刊された映画雑誌。責任編集は蓮實重彥）が刊行されたりして、小川さんが少し自信を失っている、というか……それに対して、百合子さんが割と同情的な感じなのね。悲哀なんて言葉を思い出した。

**美恵子**　小川さんが自信を失っている、というのは、その頃、映画批評というものが、それまでと全く違ってきちゃったわけね。蓮實さんが出てきて、小川さんが編集してきた『映画芸術』的なものというのが、なんとなく疎んじられちゃってるような感じがあった。

**久美子**　昔、小川さんの『映画芸術』に、三島由紀夫が『博奕打ち　総長賭博』（一九六八年）のことを書いたりして、それが最後の華やぎのような感じだったかも。

美恵子　そういう話題になった仕事がいくつかあったよね。新人監督の映画を紹介したり。

久美子　長谷部安春とか。

美恵子　今村昌平の新作を見て座談会に出席してくれって、小川さんに呼ばれて行ったんだけど、「今村昌平より、同時上映の長谷部さんの『野獣を消せ』（渡哲也主演、一九六九年）の方がおもしろかった」というと、司会をやっていた小川さんが喜んで「じゃあ、今村昌平特集じゃなくて、長谷部安春特集に変えちゃいましょう！」なんて言ったのを覚えている。今村昌平に対してもそんなふうに平気で下品（いや上品かな）にふるまえるような魅力があったわね。変なひとだった。

久美子　百合子さんは、小川さんとどこか気が合ったところがあったのかなって思う。

美恵子　小川さんは、あんまり長生きできるタイプじゃないっていう感じだったけど。

## 百合子さんの魅力

**久美子**　百合子さんとの鼎談でもちょっと触れているけれど、大江健三郎が『犬が星見た』を朝日新聞の文芸時評で取り上げて書いているんですね。それが単行本の帯文にも使われているんだけど。

「生涯最後の旅だと予感されている」いわば暗部を、百合子さんが「天真爛漫といっていい眼」で書いているのに、心底だと思うけど驚いて「それこそは本来の、女性的な力であることを教えてもくれる」と言うのね。この最後、ここがやっぱり大江健三郎、岩波、朝日好みのね（笑）。

　もちろん大江健三郎は文章を引用しつつ百合子さんの表現力と観察力のたぐいまれな魅力を書いてはいるのだけどね。

　要するに、美恵子だったらさ、「それが百合子さんの最大の魅力である」とか、「百合子さんの圧倒的な誰にも比べられない魅力である」っていうふうに、〝百合子さんの繊細な文章の魅力〟として書くと思うのね。

ところが、大江健三郎は「女性的な力であることを教えてもくれる」って書く。作家としての器の違いだね（笑）。

**美恵子**　大江健三郎の書き方だと、百合子さんが泰淳さんみたいに読めちゃう。なんか「大文字的」な女性的力ということになって、それは違うでしょう。

**久美子**　小説を読むと大江健三郎って、大体助けられているからね、女性や、女性的なるもの、お母さんとか、お姉さんとか、妻子に。

**美恵子**　その女性的な力とやらが、いかにも観念的でね。いろいろな小説に登場する「大文字」だよね。ガルシア＝マルケスを代表に、流行《はや》ったものがたくさんあったでしょう。

**久美子**　「女性的な力」というふうに、まとめられない人だもの、百合子さんは。もっとハチャメチャな人だということは、吉行さんとの対談や、深沢〔七郎〕さんとの対談を読めばすぐにわかるし、『富士日記』やその他のエッセイ集を読めば、「女性的な力」というより、私は安岡章太郎の文章を思い出したりするのね。それを「本来の、女性的な力」っていわれてもねえ（笑）。

**美恵子**　百合子さんは、そういう、いわば観念的な女性観を超越してるよね。百合子さんの魅力というのは、実際に会ってもそうだし、文章だってそうだし。

**久美子**　美恵子が『話の特集』の対談後記で書いていたけれど、百合子さんは、「美人って得ね、って言われないタイプの美人」。たいていの女の人は、なんとなく、そこはかとなくだけど、「美人は得よね」っていうふうに思うわけだよね（笑）。今時の言い方だと思わされてるわけよね。

## モダニズム嫌い？

**美恵子**　ちょっと話が前後しちゃうんだけど、北海道の熊の民芸品があるでしょう。こないだテレビを見てたら、凄く大っきな熊の彫刻を作る人が出てきて、どういうふうに彫るかって説明してたのね。デカイ長方形の材木を用意して、それをこう、荒削りに削っていくわけよね。それがだんだん熊の形になっていくんだけど、その前の荒削りの状態を見て思い出したのが、『犬が星見た』の女神像。

**久美子**　女神像は『犬が星見た』に出てくるんだけれど、ソ連にいっても中央アジアにいってもあちこちにレーニン像があるわけよね。

**美恵子**　細かくちゃんと彫ってあるレーニン像もあるんだけど、つるんとした女神像っていうのがあって、百合子さんはそれを嫌うわけ。無精ったらしいって。その話を思いだして（笑）。

**久美子**　そうすると、泰淳さんが、「百合子はモダニズムっていうのがわからないんだ」って。

**美恵子**　「そういうことじゃないんだ」ってそれに百合子さんが反発するわけよ。熊を彫ってる途中でやめちゃったみたいなものでしょ、モダニズムって（笑）。

それから、レーニンで思いだしたんだけど、テオ・アンゲロプロス監督の『ユリシーズの瞳』（一九九五年）。

**久美子**　ああ、ソ連が崩壊したわけだからあちこちでレーニン像を壊すシーンもあったっけ？

**美恵子**　一九九一年にソ連が崩壊した後の映画だから、壊した、でかいレーニン像を船で運ぶっていうシーンがあるんだけど。

**久美子**　ああいうものを、泰淳さんとか竹内好が見たらどう思ったかしらね。二人とも、ソ連崩壊以前に亡くなってるわけでしょ？

**美恵子**　三島由紀夫も二十世紀後半を何も知らずに。

**久美子**　蓮實重彦さんが「ミシェル・フーコー『The Japan Lectures』をめぐるインタビュー」（『群像』二〇二四年三月号）で、三島由紀夫、川端康成、安部公房、石川淳が、一九六七年二月二十八日に、文化大革命に抗議する声明を出したことを書いているのね。

蓮實さんは、三島由紀夫の名前を見ると、いわゆる右翼的な作家たちのマニフェストと思われるかもしれないが、それは違うのだ、安部公房にしても石川淳にしても、「政治的な傾向とはいっさい無縁の時空で創作に励んでいたきわめて自由な作家たち」だと説明するわけ。文化大革命の中国を見て、「日本の軍国主義が中国で犯した愚行のかずかずを想起し」たのではないかと言ってる。

それはそのとおりなんだけど、当時私は、何故石川淳が？　安部公房が？　と思ったのをはっきり覚えている。三島、川端はどうぞ文化防衛論でやってくださいと思ったわね。心情的には紅衛兵に惹かれたというところもあったしね。なにしろ若かったというより子供っぽい興味でね。

**美恵子**　造反有理だよ（笑）。

**久美子**　文化大革命に抗議する声明についての蓮實さんのインタビューを読んだためなのか、それこそ竹内好とか武田泰淳とか、堀田善衛は、第二次世界大戦中と戦後、上海にいたはずだけど、文化大革命についてはどんな発言をしていたのかちょっと興味をもったのね。でも、だからといって、あらためて調べる気にはならないけど。泰淳さんが中国にいる知り合いの作家について心配しているのが伝わってくるエッセイを読んだ覚えはあるんだけど。

## プラスチック好きの泰淳さん

**美恵子**　これは百合子さんに直接聞いたんだけど、文化大革命の頃だったかな、悲しげな郭沫若《かくまつじゃく》が武田家に訪ねてきて、そのときに泰淳さんが、お土産に能面だか雅楽面だかをあげるのね。郭沫若は、すごくおそれいっちゃって、「こんな立派なものを……」っていうんだけれど、それ実はプラスチック製だった。それがプラスチックだってことを言うか、言わないかって悩んだとは思えないんだけど、なんか百合子さんもあきれるくらいあっさり、それがプラスチックだっていうことを言わないであげちゃった（笑）。

**久美子**　その話をこの間、思い出したのよね。

**美恵子**　泰淳さんも、いいかげんなところのある人だって（笑）。

**久美子**　いい話だと思わない？　声明出すよりいいんじゃないかなと思って（笑）。

**美恵子**　やっぱりプラスチックってところが……。

**久美子**　そうそう。そこが泰淳さんの魅力だし、百合子さんと長い間夫婦で暮らしてたことかな、と思って。

みうらじゅん流にいえばプラスチックの能面だか雅楽面なんて「い

やげもの」よね（笑）。

## 吉行さんのこと

**久美子**　『犬が星見た』を読み直したら、椎《しい》名《な》麟三《りんぞう》が、レーニンとハリー・ベラフォンテによく似てるんだって百合子さんが書いているの。

**美恵子**　ハリー・ベラフォンテの方がレーニンよりもちょっと顔が長いんだよね。額が異様な感じで広くて、目が奥に引っ込んでいるところが似てる。造形的にホリが深いというよりツルンとした彫刻っぽいのね。「レーニンの絵はがきがあったら椎名さんに絶対送る」なんて書いてる。

**久美子**　椎名麟三の顔ってすぐには思い浮かばないけれど（笑）。

（編集者がスマホの画像を出す）

**久美子・美恵子**　似てる（笑）。

**美恵子**　それに、ツルンとしたところがオスカー像にも似てる。『週刊文春』の「顔面相似形」に投稿したいね（笑）。
　この対談集のなかでは、吉行淳之介さんとの話も面白かった。「学生服着てたけど、すごくきれいだった」って百合子さんが言っているじゃない。

**久美子**　吉行さんが、「あの頃は物資がないから、みんな学生服着てた」って言うわけだけど、百合子さんは、「ほかの人の学生服姿は、憶えてない。いいだももさんだって憶えてないし、遠藤（麟一朗）さんはもう背広着てたわね」って。でも、「吉行さんのは鮮やかでしたよ……何てきれいな人だろうと思った」って言うのね。そうしたら吉行さんが、「それは学生服の問題じゃない」って（笑）。で、そのあとのことよね、美恵子がいいたいのは。

**美恵子**　私たちが初めて吉行さんにお会いしたのは、少しお年を召したころで。吉行さんが選考委員をつとめていた泉鏡花賞を、一九七九年に戴いた

**久美子**　んだけど、カシミアのチョッキを差し上げたのよね。お世話になった編集者には羊毛（笑）のカーディガンを、吉行さんにはチョッキを。そうしたら吉行さんがそれを、還暦のお祝いの、ちゃんちゃんこの贈り物だと勘違いして「年寄り扱いされた」と思われたのね（笑）。でも話したいのはそのことじゃなくて……。

**美恵子**　吉行さんが、自分がいかにきれいだったか、ということを強調されたこと。「昔の俺を見せてやりたかったね」って（笑）。周りの人が、「昔の彼を見せてやりたかったよ」って言うならわかるんだけど、自分で言う人ってあまりいないよね（笑）。それに、その時だって、きれいな人だったよね。みんなが吉行さんをちやほやしていた、って百合子さんが言っているけれども、ほんとにそんな感じだったじゃない。

**久美子**　泉鏡花賞の授賞式で金沢に行った時、吉行さんがいると、芸者さんだって、もう吉行さん以外の人の相手をしなくなるのね。

**美恵子**　みんな、他の作家や評論家なんて眼に入らなくなっちゃう。歳を取った女の人でも、なんだか嬉しそうなのよね。「清《きよ》と坊ちゃん」の関係みたいなものかなあって二人で言ってたんだけど。

**久美子**　吉行さんいわく「清と坊ちゃん」の関係じゃなくて、そういう女たちは元クロートですよって。こちらが、えっ？　という顔をしたらしくて、「俺をチヤホヤする女はみんな元赤線だよ」って言うの。ほがらかな調子でね。だからなんていうか、吉行さんに親しみを感じているっていうか……。

**美恵子**　今、そんなこと言ったら、差別発言って言われそうだけど……。

**久美子**　要するに、昔、同じ空気を吸ってたっていう感じの親しみを感じるからなんだっていう意味でしょうね。

**美恵子**　同じ世界を知っている、っていう調子のね。私たちには理解不能なんだけどね。

**久美子**　今ではすっかりなくなっちゃった言説よね。吉行さんみたいな人じゃないと言えない。
百合子さんの、浅草へ遊びに行ったときのエッセイを読むと、吉行さんがおっしゃってたのと同じような、一種おおらかで野蛮な感じを受ける。

**美恵子**　百合子さんのエッセイの中で、浅草の屋台かなにかで、おじさんから物を買ったときの話を書いたものがあって。百合子さんがおじさんに「おつりが間違ってる」と文句をいうと、おじさんと一緒にいたおばさんが、おじさんの味方をするのよね。おじさんの指なんか持って、二人の間になにかある、っていうことをなんとなく感じさせるエッセイ……。鋭い観察が優しいのね。

**久美子**　そう、優しいのも百合子さんの特徴だと思う。なんて言ったらいいのか……。私たちが、戦後すぐの頃って、まだ五、六歳だし、はっきりとした記憶ではないのだけど、なにかああいう時代の感じのいかがわしさというか……そういう魅力もあると思わない？

**美恵子**　そうそう。なんかこう、百合子さんと一緒にいるとさ、おおらかな眼を持った雑多な魅力というか……いかがわしいものを物凄く素直に見てきたというふうに感じる。

**久美子**　ちょっと恐怖心にも似た、何とも言えない魅力よね。女性的な力とは全く別の力だけどさ（笑）。まあそうした女性的な力とやらを、図太いとか、そういう風な言い方で今村昌平なんかは、春川ますみを『にっぽん昆虫記』で使っていたけれど。

**美恵子**　いやなやり方だよね。女性の根源的力とかなんとかね。

## 百合子さんと「書くこと」

**美恵子**　それにしても、百合子さんの文章を読むと、描写力がすごいと思うわね。文章であれだけ書けるんだもの。さらに自由に、普段、話をしている時の、とくに他人《ひと》の事を話す時のシンラツさが面白い。悪口とすれすれなんだけど優しいと言うかね。

**久美子**　百合子さんがデビューする以前、エッセイを書く作家はいたと思うのね。たとえば私たちの世代で読んだのは、幸田文とか森茉莉。百合子さんが出てくるまでは、面白いエッセイを書く人っていうのは、やっぱり小説家で、小説を書きつつエッセイも書く人でしょ。その中でやっぱり幸田文と森茉莉、それと田辺聖子だよね。だけど、百合子さんは小説家としてではなく、エッセイだけを書くわけでしょ。

　花ちゃんは別格的に写真と同じいい文章を書くし、中野翠にはセンスに世代的に共感できるところがあるよね。

**美恵子**　差別的な言い方だって怒る人もいるだろうけど、この二人の文章は女々しくない（笑）。

**久美子**　良くも悪くも、百合子さんの後、女性エッセイストというのがたくさん出てきて、そういう人は百合子さんのエッセイを読んだり、お手本にしたりしてると思うんだけど……。

**美恵子**　似ても似つかないよね。足下にも及ばないとはこのことだね、っていう感じ。百合子さんが憎々しげに（笑）「私の本を読んで、こんな文章なら、あたしにでも書けるって思ってる人、多いでしょ」って言ってたけど。

**久美子**　よく言われたみたいね。とくに『富士日記』が出たあとは。

**美恵子**　『富士日記』を読んだ男の人からは、「相当貯めたでしょ」って言われたんだって。

**久美子**　『富士日記』に出てくるご飯が……。

**美恵子**　安上がりのものしか食べないわけじゃないのにねえ（笑）。「富士のほうには、何もないから、東京で何か買って行け」って大岡さんに言われるところが『富士日記』に出てくるけれど、「貯めたでしょう」って言う人は、きっとそこを読み飛ばしてるんでしょうね。

　それで思い出したんだけれど、石井桃子さんにお会いしたとき、「石井さんは、岩波書店に勤めていて、その上、ご自分の本も出したから、相当貯めたんでしょう」って言われた、って聞いた。「そういうふうに言うのが男よね」って（笑）。
石井さんだって百合子さんと同じよね。子ども向けの本を書いているから、それを見て、「あれくらいなら、私だって書ける」って言った人がいたと思うのよ。小説だって絵本だって誰だって書くものでしょ。

**久美子**　『山のトムさん』とか『三月ひなのつき』なんかを読んで……。

**美恵子**　まごころさえあれば、簡単に書けると誤解して。
自分も書けると思うのが女の人で、「貯めたでしょ」っていうのが男の人（笑）。

**久美子**　小説でもエッセイでも誰でも書くでしょ。ちゃんと書けるかどうかはともかく。貯めるのはどうだか知らないけど（笑）。

**美恵子**　そういえば深沢七郎のこと、今日は何も話さなかったね。

**久美子**　読み返すと、百合子さんも深沢七郎も、武田泰淳をすごく尊敬してるのね。それが感動的だった。

（二〇二四年三月五日　目白・金井氏宅にて）

# 『武田百合子対談集』について

一、本書は、武田百合子の対談、鼎談、ラジオ番組を年代順に収録したものである。収録作品の初出は、各章末に記した。

二、原則として、初出紙誌を底本とした。ただし、「武田泰淳の存在」のみ『たったそれだけの人生――深沢七郎対談集』（一九七八年六月　集英社）を底本とした。

三、発言の中で、事実誤認と思われる箇所もみられるが、故人の発言の場合は、そのままとした。

四、明らかな誤植は訂正し、映画等の作品名は現行の表記にしたがった。

五、編集部による注は（　）〔　〕で記した。

六、今日の人権意識に照らして不適切な語句や表現も見られるが、時代的背景と作品の価値とに鑑み、原文のままとした。

（編集部）

『武田百合子対談集』二〇一九年十一月　中央公論新社刊
対談「百合子さんのこと」は語り下ろし

中公文庫

# 武《たけ》田《だ》百《ゆ》合《り》子《こ》対談集《たいだんしゅう》

2024年 4 月25日　初版発行

著　者　武《たけ》田《だ》百《ゆ》合《り》子《こ》

発行者　安 部 順 一

発行所　中央公論新社
〒100-8152　東京都千代田区大手町1-7-1
電話　販売 03-5299-1730　編集 03-5299-1890
URL https://www.chuko.co.jp/

ＤＴＰ　ハンズ・ミケ
印　刷　三晃印刷
製　本　小泉製本


Published by CHUOKORON-SHINSHA, INC.
Printed in Japan　ISBN978-4-12-207507-8 C1195

各書目の下段の数字はISBNコードです。978－4－12が省略してあります。

## 中公文庫既刊より

た-15-10
**富士日記（上）新版**　武田百合子
夫・武田泰淳と過ごした富士山麓での十三年間を克明に描いた日記文学の白眉。昭和三十九年七月から四十一年九月分を収録。〈巻末エッセイ〉大岡昇平
206737-0

た-15-11
**富士日記（中）新版**　武田百合子
愛犬の死、湖上花火、大岡昇平夫妻との交流。昭和四十一年十月から四十四年六月の日記を収録する。田村俊子賞受賞作。〈巻末エッセイ〉しまおまほ
206746-2

た-15-12
**富士日記（下）新版**　武田百合子
季節のうつろい、そして夫の病。山荘でともに過ごした最後の日々を綴る。昭和四十四年七月から五十一年九月までを収めた最終巻。〈巻末エッセイ〉武田　花
206754-7

た-15-13
**絵葉書のように**　武田百合子　武田　花編
単行本未収録エッセイ集『あの頃』から、夫・武田泰淳や友人たちとの思い出、街歩き、旅、食べ物などについて綴ったエッセイ五十四編を厳選し、収録する。
207341-8

た-15-14
**日日雑記 新装版**　武田百合子
深沢七郎、大岡昇平ら友人たちを送った昭和最後の三年間。日々の出来事や気持の照り降りを心に響く文章で綴る最後のエッセイ集。〈巻末エッセイ〉武田　花
207394-4

た-15-9
**新版 犬が星見た ロシア旅行**　武田百合子
夫・武田泰淳とその友人、竹内好との旅を、天真爛漫な目で綴った旅行記。読売文学賞受賞作。竹内好の随筆「交友四十年」を収録した新版。〈解説〉阿部公彦
206651-9

た-13-10
**新・東海道五十三次**　武田　泰淳
妻の運転でたどった五十三次の風景は——。自作解説「東海道五十三次クルマ哲学」、武田花の随筆「うちの車と私」を収録した増補新版。〈解説〉高瀬善夫
206659-5

各書目の下段の数字はＩＳＢＮコードです。978－4－12が省略してあります。

か-15-4 **迷い猫あずかってます** 金井美恵子

ある日、作家の自宅に迷い込んできたオスのトラ猫。トラーと名づけられた猫の自由かつ奔放な振る舞いと、振り回される姉妹の日々を綴る。〈解説〉桜井美穂子

207338-8

か-15-5 **カストロの尻** 金井美恵子

様々な記憶の断片が、岡上淑子のコラージュと響き合い織りなされた短篇と批評。関連エッセイを新たに収録。芸術選奨文部科学大臣賞受賞作。〈解説〉堀　千晶

207481-1

か-15-6 **ピース・オブ・ケーキとトゥワイス・トールド・テールズ** 金井美恵子

幼年時代の思い出に、母や伯母たちの記憶が重なり織りなされる繊細で甘美な物語。作品に関連するロングインタビュー、金井久美子のエッセイを増補する。

207492-7

ふ-2-5 **みちのくの人形たち** 深沢七郎

お産が近づくと屏風を借りにくる村人たち、両腕のない仏さまと人形——奇習と宿業の中に生の暗闇を描いた表題作をはじめ七篇を収録。〈解説〉荒川洋治

205644-2

ふ-2-6 **庶民烈伝** 深沢七郎

周囲を気遣って本音は言わずにいる老婆（「おくま嘘歌」）、美しくも滑稽な四姉妹（「お燈明の姉妹」）ほか、烈しくも哀愁漂う庶民を描いた連作短篇集。〈解説〉蜂飼　耳

205745-6

ふ-2-7 **楢山節考／東北の神武たち** 深沢七郎初期短篇集 深沢七郎

「楢山節考」をはじめとする初期短篇のほか、伊藤整・武田泰淳・三島由紀夫による選評などを収録。文壇に衝撃をもって迎えられた当時の様子を再現する。〈解説〉小山田浩子

206010-4

ふ-2-8 **言わなければよかったのに日記** 深沢七郎

小説「楢山節考」でデビューした著者が、武田泰淳、正宗白鳥ら畏敬する作家との交流を綴る文壇日記。巻末に武田百合子との対談を付す。〈解説〉尾辻克彦

206443-0

ふ-2-9 **書かなければよかったのに日記** 深沢七郎

ロングセラー『言わなければよかったのに日記』の姉妹編（『流浪の手記』改題）。飄々とした独特の味わいとユーモアがにじむエッセイ集。〈解説〉戌井昭人

206674-8

よ-17-10

**また酒中日記**

吉行淳之介 編

銀座や赤坂、六本木で飲む仲間との語らい酒、先輩たちと飲む昔を懐かしむ酒――文人たちの酒にまつわる出来事や思いを綴った酒気漂う珠玉のエッセイ集。

204600-9

よ-17-11

**好色一代男**

吉行淳之介 訳

生涯にたわむれし女三千七百四十二人、終には女護の島へと船出し行方知れずとなる稀代の遊蕩児世之介の物語が、最高の訳者を得て甦る。〈解説〉林　望

204976-5

よ-17-12

**贋《にせ》食《しょく》物《もつ》誌《し》**

吉行淳之介

たべものを話の枕にして、豊富な人生経験を自在に語る、洒脱なエッセイ集。本文と絶妙なコントラストを描く山藤章二のイラスト一〇一点を併録する。

205405-9

よ-17-13

**不作法のすすめ**

吉行淳之介

文壇きっての紳士が語るアソビ、紳士の条件。著者自身の酒場における変遷やダンディズム等々を通して「人間らしい人間」を指南する洒脱なエッセイ集。

205566-7

よ-17-14

**吉行淳之介娼婦小説集成**

吉行淳之介

赤線地帯の疲労が心と身体に降り積もり、街から抜け出せなくなる繊細な神経の女たち。「赤線の娼婦」を描いた全十篇に自作に関するエッセイを加えた決定版。

205969-6

よ-17-15

**文章読本**

吉行淳之介 選
日本ペンクラブ 編

名文とは何か――。谷崎潤一郎から安岡章太郎、金井美恵子まで、二十名の錚々たる作家が綴る、文章術の極意と心得。〈巻末対談〉吉行淳之介・丸谷才一

206994-7

よ-17-16

**子供の領分**

吉行淳之介

教科書で読み継がれた名篇「童謡」など、早熟でどこか醒めた少年の世界を描く十篇。随筆「子供の時間」他一篇を付す。〈巻末エッセイ〉安岡章太郎・吉行和子

207132-2

よ-17-17

**ネコ・ロマンチスム**

吉行淳之介 編

気まぐれで不可思議で魅力的な生き物に、夢と現実のあわいへ導かれる――。豪華な執筆陣による猫にまつわる幻想的な作品全一三篇を収録。〈解説〉福永　信

207203-9

各書目の下段の数字はISBNコードです。978-4-12が省略してあります。

よ-17-18
**吉行淳之介掌篇全集**　吉行淳之介
短篇の名手による、研ぎ澄まされた掌篇五十篇。一九六一年の「肥った客」から八三年の「夢の車輪」まで年代順に初集成。文庫オリジナル。〈解説〉荒川洋治
207487-3

よ-17-9
**酒中日記**　吉行淳之介編
吉行淳之介、北杜夫、開高健、安岡章太郎、瀬戸内晴美、遠藤周作、阿川弘之、結城昌治、近藤啓太郎、生島治郎、水上勉他――作家の酒席をのぞき見る。
204507-1

よ-5-10
**舌鼓ところどころ／私の食物誌**　吉田健一
グルマン吉田健一の名を広く知らしめた「舌鼓ところどころ」、全国各地の旨いものを紹介する「私の食物誌」。著者の二大食味随筆を一冊にした待望の決定版。
206409-6

よ-5-11
**酒　談　義**　吉田健一
少しばかり飲むというの程つまらないことはない――。飲み方から各種酒の味、思い出の酒場まで、ユーモラスに綴る究極の酒エッセイ集。文庫オリジナル。
206397-6

よ-5-12
**父のこと**　吉田健一
ワンマン宰相はワンマン親爺だったのか。長男である著者の吉田茂に関する全エッセイと父子対談「大磯清談」を併せた待望の一冊。吉田茂没後50年記念出版。
206453-9

よ-5-13
**酒宴／残光**　吉田健一短篇小説集成　吉田健一
翻訳、批評から小説へと自在に往還し独自の文学世界を築いた文士・吉田健一。その初期短篇小説集『酒宴』『残光』の全一七篇を収録。〈解説〉富士川義之
207194-0

よ-5-8
**汽車旅の酒**　吉田健一
旅をこよなく愛する文士が美酒と美食を求めて、金沢へ、そして各地へ。ユーモアに満ち、ダンディズムが光る汽車旅エッセイを初集成。〈解説〉長谷川郁夫
206080-7

よ-5-9
**わが人生処方**　吉田健一
独特の人生観を綴った洒脱な文章から名篇「余生の文学」まで。大人の風格漂う人生と読書をめぐる随想集。文庫オリジナル。吉田暁子・松浦寿輝対談を併録。
206421-8